弓を引く少年

大塚菜生

もくじ

きりんぐみ　なかがわ　げん

ぼくは　おおきくなったら　ハルオジさんみたいに
うまと　なかよしになりたいです
ひひん

1　黒い馬

馬のいななきは、気のせいだったのか。
弦《げん》は顔をあげて、しばらく、自分がどこにいるのかわからなかった。
口のはしがみょうにつっぱる。
よだれのあとがかわいているのだとわかり、目が冴《さ》えた。
机の上に「全国有名中学受験新演習」の問題集がひらいたままになっている。
——現在の時刻４時５分から、短針が９度動いたときの時刻は　　時　　分　です。
短針は「２分で１度動く」。それを頭から引きだすあいだに、夢の時間に引きずりこまれたらしい。

問題集の横には、袋《ふくろ》から飛びだした赤やピンクのグミが散らかっている。

くちびるをぬぐい、消しゴムのカスがついたグミをゴミ箱に捨てる。

問題集のページがよれているのを直していると、だれもいないはずの一階で大きな物音がした。

(どろぼう?)

時計を見る。十二時をまわっていた。

部屋を出て、階段の手すりからからだを乗りだしたところで、泥棒《どろぼう》より、もっとやっかいな存在《そんざい》に思いあたった。

「あいつだ……」

こんな時間にかかわりをもつのは避《さ》けたい相手だった。

弦は部屋にもどり、また机に向かおうとした。

すると、ガラスのわれる音がした。

ゆっくり問題集をとじ、階段を一段一段、足音をしのばせておりる。

居間《いま》の敷居《しきい》をまたぎ、うす暗い台所に目をこらす。

流しの下のとびらがあいて、床《ゆか》に男がすわりこんでいた。

明かりをつける。

男の背中《せなか》に光があたる。

「……おじさん？」

男が首だけをまわしてふりかえる。

「おお。弦か」

かすれぎみの声が返ってきた。

無精《ぶしょう》ひげ。耳のわきではねている髪《かみ》の毛。シャツの襟《えり》のボタンはちぎれて胸《むね》がはだけている。

床には、われたびん。料理用の酒がズボンにしみをつくっている。

弦は、腹《はら》のそこから押しあがるものを飲みこんで、息を吐《は》いた。

「おじさん。いくら合鍵《あいかぎ》をもってるからって、こんな時間にかってに入ってきたら、びっくりしちゃいますヨ」

「おお、すまん」

濁《にご》った眼で弦を見る。

「ちょっと、まってててください。いまかたづけますから」

床《ゆか》にちらばったガラスの破片《はへん》を、新聞紙の上にあつめる。

きつい酒のにおいに、息をとめて、ぞうきんでふきとった。

「おまえも一ぱいやらないか？　冴《さ》えすぎの頭にはちょうどいいぞ、酒は」

「……いえ、けっこうです」

「おまえ、おれのこと、バカにしているだろ」

強く、首を横にふった。

「晴久《はるひさ》おじさん、たのみますから、きょうは帰ってくださいませんか。父も、まだ帰っていませんし」

「……小学六年の息子をほっぽりだして、どこ行った」

「仕事にきまってますよ」

「フン。仕事ばかりして」

弦はくちびるをひらきかけて、とじた。

このひとは、ほんとうに、自分の父親と血がつながっているのだろうか。そう思うとよけいに腹《はら》が立つ。

父親は、毎日、クリーニングをきかせたスーツを着て出かける。仕事でおそくなることは、いくらでもある。

「──おい。弦。おまえ、いつからオレを『ハルオジ』とよばなくなったんだ？　え？　ちょっとまえまでは、そうよんでいたじゃないか」

「さあ。ボクも……いつまでも子どもじゃないですから」

「…ったく、それだよそれ。ガキがなんで、そんなとりすました物言いするかなあ。とにかく『晴久おじさん』なんて気色悪いのはやめろ」

弦はかるくうなずくと、重くなったぞうきんをつまんで、洗面台まで小走りした。

――晴久おじさん、ハルオジ、あいつ、あのひと、

いまの弦には、どのよびかたもしっくりこない。どうよべばいいのか考えるまえに、どうでもよくなる自分がいる。

蛇口《じゃぐち》を最大にひねって、ありったけの水をてのひらに受ける――。

「いてっ」

中指の腹《はら》に痛《いた》みが走り、じわじわと血の玉がふくらんできた。ぞうきんのなかに、ガラスがまぎれこんでいたのだ。

急にまぶたが熱くなってきて、あわてて、ぞうきんで血をおさえる。

「わるかったな」

いつのまにかハルオジが、うしろに立っていた。

「きょうは、こいつを、おまえに見せたかったんだ」

シャツの胸《むね》ポケットから写真を取りだし、洗濯機の上においた。

弦は、目線だけ向ける。

一頭の黒い馬が、走っている写真だった。

「こいつ、海王《かいおう》っていうんだ」

(は?)

「いい馬だろう」

にやりとほほをひきつらせて笑う。

弦は、ちょっとの間、写真の馬に気をとられていた。

ハルオジが、玄関を出ていこうとしている。

弦は、「黒い馬」をつかみとると、その背中《せなか》を追いかけた。

「どういうつもりですか?」

「どういう? んー、それはなあ……」

おぼつかない足で靴《くつ》のひもをふみながら、かた目をつぶっておどけている。

「なあに、おまえに、また乗ってもらおうと思ってね」

「え？　なにいって……」

「また電話する」

ハルオジは手をふると、ふらりふらりと、しずまりかえった夜の中に消えていった。

2 ハルオジ

ホイッスルの合図に、白と赤の帽子《ぼうし》が左右に散らばる。

校庭の真ん中においた段ボール箱めがけて、低学年の子がボールをけっている。ボールのいきおいに押されて、紙のゴールポストが流されていく。

弦《げん》は三階の、六年二組の教室の窓《まど》からながめていた。

二時間目のあとの休み時間だ。

日差しで顔が熱《あつ》い。自分の席にもどり、デイパックから写真をぬきだした。ゆうべ、ハルオジがおいていった写真だ。

ふいに、横からかぶさるようにかげが重なった。

「なに、それ」

同じクラスの鳥栖《とりす》ミトオだ。すぐに写真は横どりされた。

「かえせよ」

「いいじゃんか。ふーん。かっこいい馬だね」

ミトオは、弦の机に尻《しり》を半分のっけて、ふんふんと鼻を鳴らしている。

えり首で、やわらかそうな髪《かみ》の毛がはねている。切るのをめんどうくさがって長くしているから、たまに女子とまちがわれる。

ミトオとは、家が近い。幼稚園のころからなんどか同じクラスになっている。たがいの家を行き来することもある。

そういうのを、幼《おさな》なじみというらしいけど、ピンとこない。なじみというほどミトオを知らないと思う。

ミトオは、うすいくちびるを舌先でなめると、問うような目を弦に向けた。

「どういうこと？」

「なにが？」

「なにがって、だってだって、馬に乗るのをやめたはずのゲンくんが、馬の写真を見ているんだよ」

「それが？」

「なんかあるってことでしょ」

「なんもない」

「うそだ」

「うそじゃない。ゆうべ……おじさんが、おいていっただけだから」

ミトオのまつげがゆれる。いたずら好きの瞳《ひとみ》がくもった。

「え？　あの馬おじさん？」

「そう」

「ふうん。ゲンくんを幼くして馬にハマらせた男が、とつぜん、馬の写真をおいていった……どうしてだろう？」

「そこ、真剣《しんけん》に悩《なや》まなくていいから」

「謎《なぞ》だね」

弦は、ミトオが気をゆるめたすきに写真をとりかえした。

「けち。もう、これあげないよーん。せっかく、あげようと思ったのに」

「馬の耳に念仏《ねんぶつ》」と型押《かたお》しされた皮細工《かわざいく》のキーホルダーを、ほらほらと見せてくる。

「きのう、じいちゃんと行った道の駅で見つけた。こういうの好きでしょ」

「やめろって」

キーホルダーの鈴《すず》をわしづかみにした。

もう一方の手でジーンズのポケットに写真をしまうと、キーホルダーをミトオに返した。

「あのね。最近、薬、飲まされていないんだ」

「え？　ああ」

いつだったか、「おっかあに、わけのわからない薬を飲まされる」といっていたミトオに、飲んだふりしておけば、といったことがあった。

「それは、よかったネ」

「うん」

ミトオの動きの多いのを治《なお》す薬らしい。もちろん、薬が必要なひともいると思う。でも、ミトオが少し落ち着きのないところがあっても、それがミトオなんだ、と弦は気にしていない。

「ゲンくんも、呪縛《じゅばく》から早く開放されるといいよね。おばさんが死んで……もう二年だし」

「ば・あ・か。おれはぜんぜん、まともだ。しばられてなんかいるか」

「だって、馬に乗るのやめたでしょ。それに、ぜんぜんの使い方まちがっているし」

弦は、教科書を机の上においた。背表紙の角が、かつんと音を立てる。

「ゼンゼンはゼンゼンだよ。うるさいなあ。おまえ、それでおれが馬に乗れなくなったと思ってんの?」

「じゃないの?」

「ちがうね」

「じゃあ、なに？」

「カンケーない。おまえには」

ミトオがすっと立ちあがる。

怒ったのかと思い、弦はびくりとする。けれどもミトオは、弦の耳元に、ぐっと顔を近づけてふふんと笑った。

「ゲンくん、かっこよかったよ。馬に乗ってるゲンくん、好きだったなあ。中世の騎士《きし》みたいでさ」

顔の温度が、かっと上昇するのがわかった。

「そういうかるいこと平気でいうな」

「平気だもーん」

はねるように、自分の席にかけていくミトオの細い背中を見送りながら、弦はため息をついた。ゆうべのハルオジの言葉を思いだす。

――「なあに、おまえに、また乗ってもらおうと思ってね」

ミトオのいうとおり、弦は四年生のなかばまで、馬が好きでよく乗っていた。

そのころハルオジは、乗馬クラブを経営する友人の手伝いをしていた。

弦は幼稚園のころからハルオジについて、しょっちゅう遊びに行っていた。

本格的に馬に乗ったのは一年生の時だ。ハルオジが正しい乗り方や、馬のことをなんでも教えてくれた。

弦が四年生になったころ、乗馬クラブが経営につまずき、閉鎖《へいさ》することになり、ハルオジは仕事を失《な》くした。

それ以来二年近く、馬に乗っていない。

(ミトオは、そのへんのこと、知らないもんな)

弦が馬に乗るのをやめたのを、ちがう理由と、思いこんでいる。

ちょうど、ハルオジが失業したころ、弦の母親が交通事故で亡《な》くなった。

さっきミトオは「もう二年」といったが、弦にとってはいつでもその日が、きのうより近いところにある。

ミトオは身近なものを失《な》くす怖《こわ》さを知らないから、単純に年月で区切れるのだろう。

弦にとって母親のことは、たくさんの記憶《きおく》のなかから、ふいに「思いだす」のではなく、いつでもすぐそばにある思い出だ。おそらくこの先もずっとそうだと思う。


土曜日の夜おそく、弦が塾《じゅく》から帰ると、電話にハルオジの伝言がはいっていた。

「あす、あの馬に乗せてやる。一時にむかえに行く」

「なんだ？」

あわてて聞きなおす。いつものように、父親からの伝言と思っていた。

デイパックのポケットから、写真を取りだす。

「カイオウ……っていったっけ？」

馬の上半身を横から撮《と》った写真だ。外の光を受けて黒い毛色が輝《かがや》いている。

「海の王」と書くのだろうか。

(まさか、ハルオジの持ち馬?)

酒びたりのハルオジに、馬を買えるお金があるとは思えない。だれか持ち主がいるのだろう。名前もりっぱだし。

(でも、なんで、その馬をおれに見せる? 乗れっていってた?)

気が散って、塾《じゅく》の宿題がいっこうにすすまなかった。

「あした、早起きしよう」

あきらめて、ベッドにもぐりこんだ。

目をつぶっても、頭は冴《さ》えていた。

まぶたのうらに、いまでもはっきりとよみがえる風景がある。

――弦は、乗馬クラブのクラブハウスで、馬のパズルをしている。

ハルオジは、無造作《むぞうさ》においてある皮のはげたソファーで、馬の本をながめている。弦のすぐ頭の上の飾《かざ》り棚《だな》に、トロフィーが三本。カウンターがわりのガラスケースのなかに馬具や募金箱が見える。練習中、落馬したときにお金を入れる罰金《ばっきん》箱だ。

ふいに馬のいななきが聞こえて、顔をあげると、ハルオジはもうそこにはいない。あわててあとを追いかけるように外に出る。

クラブハウスの前はゆるやかな登り坂だ。道は厩舎小屋《きゅうしゃごや》までつづいている。走っていくと、馬のボロ(ふん)や、しめった干草《ほしくさ》の匂《にお》いにつつまれる。

厩舎小屋の前にハルオジと、見知らぬ大人たちがいる。

乗馬クラブのひとではないし、馬の世話をしにくる、大学の馬術部の学生ともちがう。

そのどちらでもないときは、体験乗りのお客さんだ。

弦はおとなしく、小屋からはなれてハルオジのやることを見ている。

ハルオジは、小屋の壁《かべ》から手綱《たづな》をとり、馬の口に噛《か》ましたくつわにつなぐと、馬を引きだしてくる。馬がうれしそうに首をふる。

馬の背《せ》に鞍《くら》をおき、鞍の両わきから下げたあぶみを、お客さんの足の長さにあわせて調節する。

それから、お客さんをつれて馬場におりていく。

お客さんがいる日は、弦は馬にさわらせてもらえない。

ハルオジに誘導《ゆうどう》されて体験乗りをしているお客さんを、あきずにながめている。

(あの馬、元気かな)

ふいに、体験乗りによく使われていた年寄り馬を思いだした。

(アンデスだっけ……)

弦もよく乗せてもらった馬だ。アンデスが体験乗りに出ている日は、自分の馬がとられるようで、つまらない思いをしたのをおぼえている。

弦はふと、天井に向かって手をのばしていた。アンデスのたてがみが、そこにあるような気がしたのだ。

あのからみつくようなあたたかな手ざわりを、指がおぼえていたらしい。

(おれ、なになつかしがってんだろ)

もしかしてハルオジは、弦が幼《おさな》いころをなつかしんで、よろこぶとでも思っているのだろうか。

そうだとしたら、とんでもなく迷惑《めいわく》だ。

あしたハルオジがむかえにきたら、一番にこういってやる。

「馬なんか、もう興味《きょうみ》がない」

いやそのまえに、出なければいい。玄関にも、ハルオジの呼びかけにも。

弦は顔をまくらに思いきり押しつけて、自分にいいきかせた。

それでも、朝になると、弦はハルオジをまっていた。

車のクラクションの音がした。

道に出ると、助手席のドアの向こうに、ハルオジの顔があった。

「おまえ、寝《ね》てないのか？」

首をふる。

「目も腫《は》れているな」

(どっちが)

ハルオジは浅黒いはれぼったい顔をして、白目が充血《じゅうけつ》している。

弦は、無言でドアに手をかけた。

「ほう。長そでにジーパンか。やる気じゃないか」

ハルオジは、弦の身なりを上から足元までざっと見て、満足げにうなずいた。

「いつも、こういうかっこうです」

「きょうは、三十度をこえる暑さらしいぞ」

だからどうなんだ、と弦はむっとする。

不規則な振動《しんどう》とともに、エンジン音をひびかせ、ハルオジがアクセルをふむ。

フロントガラスのはしにつるした馬の飾《かざ》りものが、大きくはねた。

ミトオが買った最初の馬グッズで、ハルオジにあげたものだ。

「あの馬……、どこにいるんですか？」

「海王のことか？」

弦は無言でうなずく。

「ついてくればわかる」

ハルオジが無愛想《ぶあいそう》にいった。

(やっぱり、ついてくるんじゃなかった)

あきれながらも弦は自分の心にいいきかせる。

(きめたんだ。監視《かんし》するだけって。ハルオジが何をしでかそうとしているのか)

車は十分ほど公道を走ると、街《まち》をはずれて山道に向かってのぼりはじめた。

この山道を、まえにもハルオジの車でのぼったことがある。

弦の気持ちがはやる。

やがて、鉄製の門が見えてくる。

門柱には真鍮《しんちゅう》の馬の像がのっている。

そして、クラブハウス「スカイガーデン」の看板《かんばん》が見えるはず――。

だが、視界に飛びこんできたのは、「楼下馬事苑《ろうかばじえん》」という見なれない文字だった。

看板の文字も色も、まったく知らないものに変わっていた。

「どうした？　何か見つけたか？」

がっかりした気持ちをハルオジに気づかれないように、「いえ」と、ぶっきらぼうに首を横にふった。

3 海王《かいおう》

「おりるぞ」

ハルオジは、あたりをながめている弦《げん》に声をかけた。

その声に背中《せなか》をおされるように、車から出る。

クラブハウスだ。

建物の壁《かべ》は新しい色に塗《ぬ》りかえられ、まぶしいくらいの赤い屋根が、太陽の光をはじいている。

ハウスのなかから、キャップ帽《ぼう》をかぶった小柄《こがら》な男のひとがあらわれた。色の黒さでは、ハルオジに負けていない。

「どうもどうも」

ハルオジが手をさしだすと、男のひとは、その手をぐっとつかむようにして、上下にふった。

どうやら、クラブハウスのいまのオーナーらしい。

「やあ、君が、ゲンくんですか。なるほど、なるほど」

とつぜん名前をよばれて、弦はとまどった。知らないひとに自分のことを、さも知っているようにいわれるのは気持ちのいいものではない。

「オーナーの宮下《みやした》さん」

ハルオジにいわれて、弦は頭をさげた。

「なつかしいでしょう」

宮下と紹介《しょうかい》された男のひとは、両手をうしろにくんで、あごであたりの景色をきざむように指しながら、話しかけてくる。

しかたなく、まわりを見まわして、タイミングよくあいづちをうつ。

クラブハウスや看板《かんばん》が変わっても、変わらないものがある。

馬場の土の色。馬場を囲む林の緑。馬のいななき。耳の奥から伝わるような、やわらかなひびきだ。

弦の目や耳が、かってになつかしがっている。

厩舎小屋《きゅうしゃごや》のほうへ視線をうつすと、黒い馬がインストラクターに引かれて、馬場へおりていくところだった。

黒い馬は、インストラクターを乗せると、ぜっこ（舌打ち）を合図に、首を前へ前へとかたむけて走りだした。

（あの馬……）

「海王さ」

オーナーとの話が終わったのか、ハルオジが弦の横に立っていた。

「乗ってみたいだろ」

弦は、てのひらにかいた汗《あせ》をシャツにこすりつけた。

「いえ。べつに」

「うそいうな。ほら」

ハルオジに背中《せなか》をおされて砂利《じゃり》の道をあがり、厩舎小屋の前を横切って馬場におりた。

弦たちがくるのを見計らったように、インストラクターが海王をつれてきた。

大きい。首は短いが、胸《むね》がはっていて、写真で見るよりずっと筋肉質《きんにくしつ》でたくましい馬が、弦の視界をまるごとさえぎった。

「はじめまして。こんにちは」

インストラクターは女のひとだった。

「わたし、かおるっていいます。ここで馬たちの世話をしてます」

「あ。……」

弦がとまどっていると、

「宮下さんの娘さんだよ」

ハルオジにつつかれて、弦はあわててきいた。

「何歳ですか？」

「えっ？」

いってからしまったと思い、いいなおす。

「いや、馬の……馬のです」

かおるさんが、ウンウンうなずきながら、くすくす笑っている。

「おまえ、いきなり馬の歳《とし》きいてどうする。それより自分の名前」

ハルオジにいわれて、自分がかなり舞い上がっているのだと気づく。

「中川……弦です」

「はい。よろしくです。今日、試乗したいっていうのは、キミのこと？」

「え？」

ハルオジがかってにうなずいている。

「ああ、そうです。そうなんです、こいつです」

ハルオジをにらみつけた。

かおるさんは、にっと白い歯を見せながら二人の顔を交互《こうご》に見ている。高校生か大学生だろうか。日焼けした髪《かみ》の毛が光にすけて、肌《はだ》はアーモンド色に焼けている。

弦は、かおるさんからすぐに目をそらした。

「じゃ、さっそく交代しますね」

手綱《たづな》をハルオジにわたすと、わきにかかえていたヘルメットは弦に「ハイッ」と手わたした。

「ありがとう」

弦は反射的に礼《れい》をいっていた。

かおるさんは、ふたりのようすをいたずらっぽい顔で観察し、「それじゃあ、ごゆっくり」と、厩舎小屋《きゅうしゃごや》のほうにあがっていった。

「さて、はじめるか」

ハルオジが海王の首をなでるようにたたいた。

かおるさんの背中《せなか》はもう遠い。弦はそれでもつい小声になった。

「借りたってこと？」

「ああ。といっても、おれは顔がきくからな。いくらでも乗っていいぞ」

えらそうにいっている。

「ボクはべつに……」

「乗るとはいっていない、だろ」

（わかってるじゃん）

「だがな。おいっ子のために、こんないい馬に乗せてやろうとがんばっている哀《あわ》れなおじさんを、少しは気づかってくれてもいいんじゃないかな」

「なんだよ、それ」

「ほら、時間がもったいない」

（ハルオジにいわれたくないわ）

弦はヘルメットのあごのひもをしめると、海王を見上げた。

弦の身長は百六十五センチある。六年生の男子のなかでも大きいほうだ。

なのに、海王の頭は、弦よりずっと上にある。

「右から乗ってみろ」

「右?」

ふつう、競走馬に乗るときは、馬のからだの左側から乗る。ヘンだなと思いつつ、いわれるままにしたがった。左利《ひだりき》きの弦には、乗りやすい。

「ほれ、手伝ってやる」

ハルオジが腰《こし》をかがめると、ふとい腕《うで》を目の前にさしだした。

弦はその腕にひざを乗せると、海王のたてがみを、おそるおそるつかんだ。

「ずいぶん、重くなったな」

ハルオジが、顔をしかめている。

海王のたてがみをしっかりつかみなおすと、ハルオジが立ち上がるのにあわせていきおいをつけ、鞍《くら》に腹《はら》をのせた。

尻《しり》が落ちないうちに、その背《せ》にまたがる。

「わすれたのか。靴《くつ》はかるくかけろ」

あぶみにつっこみすぎていた靴の先に気づき、すこしうしろにずらした。落馬したときに、宙《ちゅう》づりにならないようにするためだ。

海王は、そのあいだも、おとなしい。

弦はからだを地面と垂直に立てると、手綱《たづな》を指にかけてしっかりにぎりこんだ。

「ようし、そのまま、ゆっくり歩いてみろ」

昔やったように、横腹《よこはら》をおそるおそるけってみる。スタートの合図だ。

馬の皮は厚《あつ》いので、多少けりをいれても痛《いた》みを感じない。ハルオジにそう教わった。

けれども、初対面の馬はべつだ。

いくら痛みを感じないといっても、つい遠慮《えんりょ》してしまう。

遠慮すると、馬になめられる。

案《あん》の定《じょう》なのかわからないが、海王はびくりとも動かない。

「もっと」

ハルオジにいわれ、弦は力を入れた。ようやく、海王は歩きだした。

(この感じだ……)

馬も自分も緊張《きんちょう》がとけて、まわりの空気がうしろへ流れていく、この瞬間《しゅんかん》が好きだった。

わすれてはいない。

「どうだ?」

ハルオジの問いかけに、大丈夫とうなずく。

馬の歩くリズムにあわせて、からだが前へ前へと押《お》される。

尻《しり》の下から、どんどんと、つきあげられる動きが心地いい。

からだがリズムに乗ってくると、べつの合図をおくってみた。

右手の手綱を大きく引き、馬場のなかを右まわりに進むようにつたえる。

海王は弦の命令にちゃんとこたえた。きちんと調教されている。

ハルオジを目のはしでとらえると、柵《さく》にもたれて、目で追っている。

右まわりを何周かして、こんどは、手綱《たづな》を左に引いた。

左まわりに歩いてみる。

(まあ、こんなものか)

弦は、二年間のブランクなど、あんがいたいしたことないと思った。けれども、そう思った直後に、海王のようすがおかしくなった。

きゅうに、ぴたりと、歩くのをやめてしまったのだ。

弦が、いくら手綱を動かして、合図をおくっても、応《こた》えようとしない。

ハルオジは柵にもたれていたからだを起こすと、弦のほうに近づいてきた。

「なあに、この馬はおとなしく見えて、なかなかプライドが高くてな。おまえの心ない指示が、ちょいとばかりつらくなっただけだよ」

弦は聞きかえした。

「心ない指示？」

「ああ」

ハルオジは、意味ありげに笑った。

「どういうこと？」

「いや、まあ、いずれわかる」

そういうと、ハルオジは、海王に言い聞かせるようにつぶやいた。

「いいか、海王。これはお遊びではない。おまえの命運もかかっているんだからな。こいつのいうことをよく聞くんだ。そうだそうだ、進め。一歩ずつ」

ふしぎなことに海王は、ハルオジの言葉に反応《はんのう》したのか、弦の合図を無視《むし》して歩きだした。

「おじさん？」

「おまえが一日も早く、海王になれさえすればいいんだ」

「一日も早く？　なれる？」

まるで、これから毎日、特訓でもさせられるようないい方だ。

弦は手綱《たづな》をにぎり直す。

「海王、左だ、左」

少しでも小回りさせてハルオジの場所にもどろうとしても、海王はまるでハルオジの暗示にでもかかったように、くり返しまわりつづける。

(なんだよ、こいつ。無視して)

弦があきらめて体をゆだねると、ようやく海王は動くのをやめた。

海王を厩舎《きゅうしゃ》に返したあと、ハルオジにたずねた。

「あの……さっきの」いいかけたところで、ハルオジがさえぎった。

「ああ、なんのことかだろ。ゆっくりそのうち話してやる。きょうは、海王を囲んで、おれとおまえの再出発を祝おう！」

なにがうれしいのか、すっかり上気した顔で、よろこんでいる。

弦は暑さとのどの渇《かわ》きでぐったりしていた。
ハルオジは、ただ、弦が馬に乗るのをなつかしがっているだけかと思っていた。
そして、もうそれは、過去のことだと気づいてほしかった。
だから一日だけつきあって、きっぱり区切りをつけて終わりにするつもりだった。
でも、それだけではないらしい。
弦の胸《むね》のなかに、黒い不安が押しよせてきた。

4　母の記憶《きおく》

翌日。

日曜日だ。弦《げん》はめずらしく九時を過ぎて目をさました。

起きあがると、太もものあいだにつっぱるような痛《いた》みがあった。尻《しり》も痛い。

「筋肉痛《きんにくつう》か」

下におりると、父親が台所に立っていた。

「帰ってたんだ」

「お。おきたか。おはよう」

エプロンを腰《こし》にまいている。

「いま、カレーを大量に作っているからな。冷凍にしておけば、しばらくこまらないだろう。ただし、ジャガイモは入れてないぞ。凍《こお》るとすかすかになるからな」

弦は、鍋《なべ》の横にあるまないたの上を見る。タマネギとニンジンの皮が散らかったまま山になっている。

「サンキュ。でもさ、カレーが好きっていったの、もうずっと前だよ。こっちも、けっこういろいろとやれるから、いそがしい時はいいよ」

このあいだ雑誌で、ルーを使わず、カレー粉とヨーグルトで作るカレーの作り方を見たのだ。それをいちど作ってみたいと思っていた。

「……そうか」

父親がさびしそうな表情を見せたような気がして、弦は、つけくわえた。

「あ、その……、作ってくれるのはとってもうれしいけど」

「そうか」

ほかの話題をさがそうとする。

そんな弦に、父親のほうが先に問いかけた。

「最近、兄貴と出かけているようだけど、なにかあったのか？」

弦は少しあわてた。べつにかくしておくことではない。

「うん……、きのうさ、おじさんとスカイガーデンに行ったよ」

正確にいえば、スカイガーデンだったところ、だ。

「スカイ……ガーデン？」

「晴久《はるひさ》おじさんが働いていた乗馬クラブ」

「あそこか」

「いまは、オーナーが変わって、なんかむずかしい名前になってる」

「そうか」

また会話がとぎれた。

「それで？」とつづきをきかれることもない。

(ハルオジのこと、興味《きょうみ》ないのかな)

ふりかえれば、いつも父親はこんな風だ。

自分の兄貴なのに、ひとりでくらしている兄弟のこと、気にならないんだろうか。

(でも、合鍵《あいかぎ》をわたしているくらいだから、きらっているわけでもなさそう……)

弦はせっかくの父親との時間に、ハルオジのことばかり考えていることに気づいた。父親をそっと見る。

鍋《なべ》のなかにルーをひとつひとつ割り入れるその横顔は、おだやかな表情だった。

いつものカレーのにおいが弦をつつみこむ。

父親とのこんな時間をこわしたくないと、つよく思う。

玄関のチャイムが鳴った。

「だれだろ?」

弦は、インターホンを手にとった。

「はい」

「あ、ゲンくん?　ぼくー」

画面のなかで、頭がぴょこぴょこ動いている。

動かなくてもちゃんと見えるのに、わざわざジャンプして、モニターからはみだしている。

父親が「だれ？」という顔でこっちを見る。

「……鳥栖《とりす》ミトオ」

「ああ、角《かど》のミトオくんか。おまえと仲がいいんだろ」

「ちがうって。あっちがかってに……ったく、日曜の朝からなんだよ」

弦は、足音を立てて玄関に歩いていき、乱暴にドアをあけた。

「なに？」

「わあ、びっくりしたあ。おはよー。これ、おすそ分けって」

ミトオは、大きな西瓜《すいか》をかかえていた。これでジャンプをしていたとは、二度びっくりだ。

「だれから？」

「じいちゃん。ほら、となり町の……ぼく、じいちゃんにゲンくんのことよく話しているんだ。そしたらきょう、二個持ってきてくれて。あげるって」

ミトオはベラベラと、朝から元気いっぱいはりきってます、という顔だ。両親とも働いているから、おじいちゃんの家によく行くらしい。

「おすそ分けって、丸のまんまだけど？　分けてないけど？」

弦は照れかくしにそんなことをいった。

「うるさいなあ。『食べてほしい』と思う、気・も・ち・のおすそ分けに決まってんでしょ。はやく、そこ、どいて！」

ミトオは、さっさと中に入ると、西瓜といっしょに持っていた新聞紙を、玄関マットの上に落とした。

「ちゃんと、ひろげて」

「あ？　ああ……」

あわててひろげると、どっしりとした西瓜をおいた。

「はあ。おもたかったあ」

大げさに腰《こし》をそらせている。

西瓜《すいか》は皮いっぱいに汗《あせ》をかいていた。

「氷をはったおけにいれていたの、すぐ食べられるよ」

ミトオのＴシャツの腹《はら》の部分も、ぬれて色が変わっていた。

「……サンキュ。どうも」

「いーえ。おじさんによろしくう！」

ミトオはスキップでもするようにそういうと、玄関の外に出た。そして、門扉《もんぴ》に手をかけたところで、思いだしたようにふりむいた。

「その後、どうなった？」

遠ざかる足元を目で追いかけていた弦は、うろたえた。

「え？　その後って？」

ミトオは、腕《うで》を腰にあてて、あごをつきだすようにしている。

「馬。写真の馬」

「あーそのことか。ああ……うん、まあ、乗った。きのう」

「ええ――っ」

「そんな大声」

「すごい。どうして、そんなことになってるの？」

「わかんねー」

「わかんない？」

「なんか、あのおやじ、たくらんでいるらしい」

ミトオが得意顔になった。

「ほうら、やっぱり、事件じゃん」

「事件はおおげさ」

それに、あの馬少しクセがあるみたいだし、といいそうになってやめた。

「で、ひさしぶりに乗ってどうだった？」

「どうだったって……べつに」

「感動というものがないのかね、キミは」

「べつに」

「ふうん」

こちらの気持ちを見すかしているような顔をする。となりの庭先からもれてくる朝日が、ミトオのほおをてらしている。

「まあいいや。また乗るときは、おしえて。いっしょに見に行くから」

「やだね」

「ケチ」

ミトオは、あっかんべえをすると、こんどこそ、ほんとうにスキップしながら、行ってしまった。

「おい、門ぐらいしめろ」

もう弦の声は聞こえていない。

弦は、ドアに手をかけたまま、ミトオがおいていった西瓜《すいか》をぼんやりながめた。

しずくがひとすじ、つるりと落ちた。

――事件。

たしかに、弦にとっては事件かもしれない。

これから夏休みにかけて、塾《じゅく》の予定のない土曜や日曜は、あの「楼下馬事苑《ろうかばじえん》」で過ごすことになってしまったのだ。

これは、ハルオジからの命令だ。

いったい何をたくらんでいるのかは知らないけれど、弦はすぐにはことわれなかった。

どうして、と思う。塾の夏期特別講習もはじまるし、日曜日も塾に通うことになる。それをわかっていて、NOをいえなかった。

「なつかしがって」馬に乗りたかったのとはちがう。

あんなクセのある馬にすすんで乗りたいなんて、だれが思うものか。

はっきりしているのは、ハルオジのたくらみがなんなのか、知りたいってこと。

無気力だったハルオジが、何か目的があって行動していることはわかった。

でも、その目的がうまくいかなくなったとき、ハルオジはいったいどうなるのか。

もし、ハルオジがまたなにかに失敗したら、弦の父親だって迷惑《めいわく》するのだ。

そう思うと目がはなせなくなった。


午後。

カレーライスと西瓜《すいか》を食べたあと、弦が、テレビの前でゆっくりしていると、父親がめずらしく顔色を変えて、居間《いま》に入ってきた。

「弦、母さんの着物の帯《おび》、知らないか？」

「帯？」

「ああ」

「知らないけど、どうして？」

「おかしいな。母さんの着物は何も手をつけてないの知っているよな」

弦は無言でうなずく。

「帯が一枚、なくなっているような気がして……」

「なくなってる？」

そんなにマメにタンスをのぞいているのかと弦が首をかしげると、父親は首をふった。

「……あ、いや、ちがうか。おれのかんちがいだ。そうだ。虫干《むしぼ》しついでにクリーニングにあずけたままのがあったな」

あわてたようすで、また奥《おく》の部屋にもどっていった。


弦の母親は、香道《こうどう》の講師《こうし》をしていた。

お香《こう》をたいて、その香《かお》りをあてたり、観賞したりするらしい。

公民館や集会所での教室のときはもちろん、ちょっとした集まりのときも、母親はよく着物を着ていた。

事故で亡《な》くなったあと、着物はそのままだ。

最近は、母親のことを話題にしないし、仕事ばかりしている父親を、少し冷たいのではないかと思うこともあった。

けれども、そうではないらしい。

(帯《おび》のことで顔色変えるくらいだから、母さんをわすれたわけじゃなかったんだ)

弦は、父親が自分と同じように、母親をいつまでも気にかけてほしい、と思った。


とおくからこえがきこえてくる。

なあに？　なんていったの？

きこえないよう。もっと大きなこえで、はなして。

「やあね、この子ったら、晴《はる》さんとおなじにおいさせて」

あ、ママだ。

ママが、わらっている。

——ママも、のろうよ

「いやーよ、うまなんて。ママはおこうがすきなの」

——オコウって、なに？

「花や草のにおいがすきでたまらないっていうお勉強」

——ぼく、うまのにおいのほうが、すきー。

「ママもすきになれるかナ」

——ぼくといっしょにきてー。ぜったい、すきになるよ。

「うん。いつかきっと、弦ちゃんについていくね」

——うん！

いつか、きっとね……。

「雨がふってきたな」

はっとして、弦は目をさました。
ハルオジの車のなかだった。
あわい夢《ゆめ》を見ていたような気がする。
夢のなかの弦は、母親にあまえていた。一年生くらいだろうか。
「つかれたか？　きょうはおれもきびしくいいすぎた」
フロントガラスに、ちいさな雨つぶがたくさん落ちてくる。
弦は、助手席からずり落ちていたからだを起こした。
「いえ……」
たしかに、きょうの乗馬はきつかった。
まだ、カンがもどっていないところに、直線ばかりを、何十回も走らされた。
海王を思いどおりに走らせるだけでも、今の弦にはむずかしい。
ぼんやりしていたら、ふりおとされてしまう。
小さいころ「走れていた」のは、思いこんでいただけかもしれない。

そう。たいていはハルオジに背中《せなか》をささえられるか、補助《ほじょ》があった。

いまは、ひとりで、手綱《たづな》を持っている。

落ちるものか、と必要以上に、全身に力がはいる。

舌《した》をかみそうになり、歯をくいしばる。

馬の躍動《やくどう》のはげしさに、尻《しり》が削《けず》られるような痛《いた》みがある。

けれども、弦が、一番くるしく思うのは、なんのために走っているのか、わからないところにあった。

「あの……おじさん？」

「なんだ？」

「まっすぐ走るのに、なにか、意味があるんですか？」

考えながら言葉にしたので、みょうにたどたどしくなった。

「まあな。まずは、まっすぐ一直線に走るのに、なれてくれればいい。それができるようになったら、こんどは、まっすぐ早く。そのつぎは、かた手をはなして走る訓練」

「手を、はなす？」

「ああ。つぎは、両手をはなす、そのつぎは……ははは。つまり、先は長いってことだ」

質問の答えになっていない。冗談《じょうだん》めかしてはぐらかされているみたいだ。

「ボクは、真剣《しんけん》に聞いたんですけど……」

「おれも真剣に、答えているぞ」

話にならない。

「あの馬は、宮下さんに、借りてるんですよね」

「借りてない。おれの馬だ」

「え？」

弦はゆっくりまばたきをしていた。

「そうだな。借りているといえば借りている。場所をな」

「は？　場所を？」

「練習場をだよ。だから、正真正銘《しょうしんしょうめい》、海王はおれの馬だよ。宮下さんにあずかってもらってはいるけどな」

「買ったってことですか？」

「もちろん。すこし借金はしたけどな。けっこう破格《はかく》だったんだぞ」

借金――。弦にとっては重たい言葉だ。どちらかというと犯罪《はんざい》に近いひびきがある。そんなものを背負《せお》ってまで、馬を手に入れたハルオジの気が知れない。

(なに考えているんだ、こいつ)

弦がだまりこむと、ハルオジもそれ以上はしゃべらなかった。

ハンドルをにぎる指先が、こきざみにふるえている。

ハルオジはきのうも弦の家で、持ちこんだ酒を飲んでいた。

「飲まないと腹《はら》がいたむ」という。

なにがしたいのか。それさえわかれば、ことわり方もあるかもしれない。でも、いま自分が拒絶《きょぜつ》したら、ハルオジはいったいどうなってしまうのだろうか。
かってにおかしくなっていくだけならいい。
そのうち、弦だけではなく、父親もふりまわすかもしれない。
そんな心配が先にくる。
「……おじさんが、海王に、乗るわけにはいかないんですか」
弦は遠まわしに、自分の気もちをつたえたつもりだった。
反応《はんのう》がない。
聞こえなかったのか。
ハルオジの横顔を見ていると、しばらくして口がひらいた。
「おまえにしか、やれないことだ」
かえってきた言葉は、それだった。

5 落馬《らくば》

夏休みに入った。

弦《げん》は、週五日を夏期講習に通いながら、土日の時間をやりくりして、楼下馬事苑《ろうかばじえん》に通いはじめた。あくまでも、ハルオジを監視《かんし》するのだと、自分にいいきかせるようにした。

手綱《たづな》を持つ手が汗《あせ》ですべる。海王と密着している内ももは、熱でじっとりとしている。馬場を吹きぬける風で、首すじはほこりにまみれた。

小一時間ほど走り、海王からおりようとすると、うしろから声がかかった。

「あれ、もう、やめるの？」

腰《こし》に援助《えんじょ》の手がのびてくる。

かおるさんだった。

「あ、だいじょうぶです。おりられます」

弦は海王のわき腹《ばら》をすべるようにして、地面におりた。

かおるさんはいつものジーンズ姿《すがた》ではなく、白い騎乗用《きじょうよう》のパンツと皮《かわ》のブーツをはいている。

となり町で乗馬の大会があった。かおるさんも参加したのかもしれない。

かおるさんの視線が、弦の腹のあたりでとまっている。

「おへそが見えてるぅ」

「えっ。あっ」

弦はあわててシャツをおろそうとした。でもへそは見えていなかった。

「うそ。なんかさあ、中川くん、たのしくなさそうだね」

やさしく笑いながらつっこんだことをいう。

「そんなことないです」

大きく首をふって、否定《ひてい》する。

かおるさんは、海王の鼻先に、そうっと手のひらをそえると顔を近づけている。

「いい子いい子」

海王も、まるでほおをよせるように、かおるさんに顔を近づけた。

毎日、海王の世話をしているのはかおるさんだ。ただ乗っているだけの弦より、海王のことをわかっているにちがいない。弦の頭がしぜんとたれてくる。

「中川くん。海王のこと、まえに、何歳かってきいたでしょ」

「あ？　はい」

最悪の初対面の時だ。

「そのとき、わたし答えられなかったでしょ。なぜだかわかる？」

弦は首を横にふった。あれはタイミングの悪い自分のせいだと思っていた。

「あのね、この子ね、いらない子だったの」

「いらない子？」

「そう。馬主《ばぬし》さんが転々と代わってね、だから、何歳なのかもはっきりわかっていないの。もしも、中川くんのおじさんが引きとっていなかったら、いまごろ、馬肉にされていたかもしれないね」

「バニク？」

弦はおもいきり動揺《どうよう》した。

「ううん、馬肉だったらまだマシかも。ただ殺されていたかもしれない。どこかで」

かおるさんはこわいことをいう。

「しょうがないの。弦君は知っているかな？　競馬《けいば》で走るサラブレッドは、ほとんどが外国産の血統《けっとう》の馬だって」

「はあ。なんとなく」

海王とはちがって、競馬で見かける馬は首や足が細い。

「この子は純粋《じゅんすい》な日本の子らしいの。在来馬《ざいらいば》っていう種類」

「ザイ…ライバ」

弦は首をかしげた。馬の生まれについては考えたことがなかった。

「いまね、在来馬は使われなくなって、どんどんへっているの。機械がないときは、田んぼを耕《たがや》すのに使われたりしたけど、人間の役に立たなくなったら飼《か》われなくなった。飼い馬には馬籍簿《ばせきぼ》っていうのがあったりしてね、どんな親か、血統《けっとう》で判断《はんだん》されたりするの。だから必要とされない馬は、馬主《ばぬし》のつごうで処分《しょぶん》されそうになったり……」

「そんな」

「海王、最初にここであずかったとき、ひとをこわがっていた。きっと、馬主が代わるたびに、ひとを信じられなくなっていたんだよね」

弦は、海王の鼻先をなでるかおるさんの指の動きを、ぼんやり見つめた。

馬にも性格や感情がある、弦は、幼《おさな》いころから馬と接していくなかで、自然にそれを感じていた。でも、いま聞いた話はおどろきだった。

「馬の世界ってさ、けっこうシビアなんだー」

「……」

「あ、でも、中川くんのおじさんは、この馬、いい馬だっていってた。海王が元気になったのは、おじさんの力が大きいと思うよ」

「そう、ですか」

「中川くんは、どうなのよ」

「えっ」

「海王のこと、どう思っているの？」

かおるさんに見つめられて、弦は、どぎまぎした。

あわてて、海王を見上げる。

黒く深いつやのある瞳《ひとみ》が動いている。まるで、ふたりの会話をきいているようだった。

「海王は、中川くんのこと大好きだと思うよ」

「え、そんなの……」

「わっかるわよう、見てたらわかるもん」

「中川くんも、好きになってくれたらいいね、ね、海王」

かおるさんは、弦から手綱《たづな》をうけとると、海王に声をかけた。

「さ。もどろっか」

弦に手をふって、厩舎小屋《きゅうしゃごや》のほうへ歩きだす。

弦は、メルメットのわきから、皮膚《ひふ》をはうように落ちてきた汗《あせ》をぬぐうと、前を行く大きなかげをふまないように、あとにつづいた。


どこかでアブラゼミがないている。

歩くひとも車の通りも途絶《とだ》えた道路。

まるで太陽だけが、形あるもののかげをあやつっている八月の昼下がり。

弦は、机に向かったまま、窓《まど》の外をながめていた。

「……セミは、不完全変態《ふかんぜんへんたい》だったかな。完全変態だったかなあ」

ノートに立てていたシャーペンの芯《しん》がおれた。

「チッ。おれないのにすればよかった」

おれにくいシャーペンが店頭にあるという。

しかし、どうにも、勉強に身が入らない。

塾《じゅく》の課題が、やたら多いせいか。暑さのせいか。

気がつくと、こうして、ぼんやりしている。

「はあああ。まともに集中してぇ」

本棚《ほんだな》に立ててある大判の紙のファイルをぬきとる。

二月に受験する、私立中学の過去の問題集だ。

もうひととおり解《と》いている。

受験勉強はきらいじゃない。

どんなむずかしい問題にも、答えが必ずあるというのが、いい。

その答えをみちびきだすテクニックをおぼえさえすれば、いつかは解ける。

けれども、ひとつひとつ年をかさねていくごとに、答えの見つからない問題がふえてくるような気がする。

問題は積みかさなっていくのか、それとも、問題とうまくつきあっていけるようになるものなのか。

その問いに正答をだしてくれそうな大人もいない。


時計は午後一時をすぎていた。二時過ぎにはハルオジがむかえにくる。

「腹《はら》へったな」

まだ昼食を食べていなかった。下におりる。

冷凍庫のなかに父親が作ったカレーがある。

しかし、ごはんを炊《た》くのをわすれていた。

素麺《そうめん》の箱から二束《たば》とりだす。

鍋《なべ》にお湯をわかしているとちゅうで、麺《めん》つゆをきらしているのに気づく。

「はああ」

ついてない。

父親が出汁《だし》をとってつゆをつくっていたのを思いだす。やってみることにした。

(たしか、お湯に削《けず》り節《ぶし》を入れて、うすくち醤油《しょうゆ》とみりんで煮立《にた》てていたな。……あとは、酒かな)

弦は、そこで、はっとした。流しの下のとびらをあける。

みごとに、料理酒はからっぽだった。

「くそっ」

とびらを思いきりけとばし、プハッとため息をついた。

居間《いま》の電話が鳴っている。

弦は、乱暴に受話器をとり、返事をした。

「はい?」

「はろー♪」

声が耳に飛びこんできたとたん、肩《かた》の力がぬける。ミトオだった。

「なんだよ」

「なんだよ、は、ないっしょ。まず、ごあいさつ。そして、このあいだの西瓜《すいか》ありがとうございました、っしょ？」

弦のしつけ係でもやっているつもりか。

「あ、ああ。うまかった……」

弦は髪《かみ》をかきむしりながら、返事をした。

「……で、なに？」

「あのね、ふふ。きょうね、行ってもいい？」

「え？」

「知っているんだよう。ゲンくんが、最近、週末どこに行ってるか」

「くるな！」

「というわけで。ほんじゃ、あとでねえ。あ、そうだ。また馬グッズひとつ買ったから、それも見せてあげるね」

そこで、電話が切れた。

「ちょっとまてよ、おい。くるな！　っていったぞ」

ミトオは、昔から、こんなふうに強引《ごういん》についてきたのだ。

ハルオジの車が弦の家の前にとまっていると、目ざとく遊びにきて、そのままいっしょに、スカイガーデンで過ごすこともあった。

でも、いちども、馬には乗ろうとしなかった。

ハルオジが、「ミトちゃんも、乗ったら」とさそっても、首をふるばかりだ。

いつも柵《さく》の外から、あきずに、弦やハルオジや馬をながめているのだった。

ミトオはもしかすると、弦よりも馬に愛情を持っているのかもしれない。

でも、母親に、必要以上に馬に近づかないように注意をされていて、それを守っている。

弦の腹《はら》がなさけない音をたてた。

「そうだ。まず、メシ」

肝心《かんじん》なことを思いだし、台所にかけこんだ。


弦は、海王の背《せ》にまたがりながら、街《まち》を見おろしていた。

馬事苑《ばじえん》は、山道のとちゅう標高二百メートルほどのところにあるので、天気のいい日は、遠い山なみが近くに見える。

街を区切るように、川が二方向にわかれているのも、きょうはよく見えた。

(あー。ハラへったなあ。やっぱり、あれだけじゃたりなかった)

弦は、あれから、つゆらしきものを作ってみたものの、素麺《そうめん》二束《たば》では、ハラのたしにはならなかった。

(もっと、ゆでればよかった)

食べ物のことを、ぶつぶつ考えている弦の下で、海王は、おとなしい。

弦が指示をださなければ、いつまでも、じっとしている馬だ。

右手から、タイヤの砂利《じゃり》をかむ音が聞こえてきた。

視線をうつすと、駐車場をかねている空地に、見なれた車がはいってくるところだった。

「おーい、ゲーンくーん！」

チョコレート色の車の窓《まど》からのりだして、手をふっているヤツがいる。

きたな、と思った。

乱暴《らんぼう》に車のドアがしまる音がして、坂道をあっというまにかけてきた。

「ゲーンくーん、きたぞー」

ミトオは、つばの短い麦わら帽子《ぼうし》をかぶっていた。目がかげになり表情が見えにくい。

弦は、その顔を見おろしながら、うっとうしそうにいった。

「なんでくるんだよ」

「なんでって、見にくるっていったじゃん。ほらほら、これ見て見て」

帽子を指している。馬の絵のついた缶《かん》バッジがついていた。

擬人化《ぎじんか》した馬が、ホースを持ち、水をあびている。

「だじゃれかよ」

「こういうの買って、ゲンくんの気を引きたいのー。ぼくも見て見てーって」

「ハイハイ！　ったく」

ミトオを乗せてきた車がUターンをして、山をおりていった。

「とうちゃん？」

「そ。つれてきてもらったんだ」

「帰っちゃうよ」

「いいのいいの。だって、帰りはゲンくんのおじさんに乗せてもらうもーん」

ミトオは、ななめがけしていた水筒《すいとう》から、お茶らしい液体をキャップにつぐと、目の前でごくごく飲んだ。

（つくづく、えんりょのないやつ！　こっちだって、のどがかわいているのに）

ミトオはお茶を飲みおわると、くちびるをぬぐいながら、じっと、こちらを見ている。

「なんだよ。ジロジロと！」

「ん。その馬って、あんときの写真の馬だよね」

「ああ」

「なんてなまえ？」

「海王」

「ふうん。もしかして、海の王さまって書く？」

「そう」

「かっちょいー」

ミトオは、さらになめまわすように海王を見つめた。

「うーん、四本の足の先が、まっ白なのがポイントだね。走ると、こう、なんか、波がうねっているように見えない？」

両手を、クロールのようにかいてみせる。

海王は、四本の足が靴下《くつした》をはいたように白い。そういうのを愛称《あいしょう》で、なんとかソックスとよぶらしいのだが、弦は馬の容姿《ようし》やボディがどうとかに興味《きょうみ》がない。

「ね、はやく走ってみてよ。波見せて」

「うっさいなあ。見られていると落ちつかないんだよ」

そういいながらも、ちょっとここいらで、ミトオにかっこいいところを見せつけたい気持ちもある。

弦はヘルメットのつばが、まっすぐに前を向いているのをたしかめてから、手綱《たづな》をにぎりしめた。

(海王、見せてやれ)

弦の合図に、海王が走りだす。

一直線の馬場を、林のつきあたりまで走りきると、弦は海王をターンさせる。

そして、また直線をもどってくる。

いまはこうして平然とやってみせているけれど、ここまで海王をあやつれるようになるには、時間がかかったのだ。

でも、その苦労をミトオにさとられたくない。

もどってくるとちゅうで、ミトオの顔をちらりと見る。

しっかり目は弦を追いかけていながら、口元が半びらきになっている。

弦は得意になった。

「どう？」

弦の問いかけにミトオは、両手をわざとらしくひろげてみせる。

「うん。やっぱり、ゲンくんはさまになってるよ」

ほめているようで口惜《くちお》しくもある。頭をかたむけあごをつきだすミトオに、弦の顔がゆるんだ。

「で、波は見えたのかよ？」

「んー。それはちょっと、イメージとはちがったかな」

「てか、オレさまに見とれていたと、そこは素直《すなお》に」

「ちがうわっ。自分でいうな。きもちわるっ」

「フン……じゃ、こんどは、ちゃんと見とけよ」

弦は、海王を進行方向に向けなおすと走りだした。

同じように林の手前でターン。

ところが、ターンしたとたんに、視界にころがるものが見えた。

あれは――、
ミトオの帽子《ぼうし》だ！

つばをたてて、馬場の内側にころがってくる。

そのあとを追いかけようとして、ミトオが柵《さく》をくぐりぬけるところまでは、弦もまだ冷静だった。

（ぶつかる！）

そう思った瞬間《しゅんかん》、弦は、からだを手綱《たづな》といっしょに思いきりうしろに引いていた。

海王の首が持ち上がる。

そのいきおいでバランスがくずれる。

気がついたときには、弦のからだは地面にたたきつけられていた。


「弦……くん」

うっすらとした視界に、帽子《ぼうし》で顔を半分おおっているミトオが見える。

それがだんだん濃《こ》い輪郭《りんかく》をともなって、弦は、落馬したのだとはっきりわかった。

「おいっ。だいじょうぶか」

ハルオジがかけてくるのが見える。

けれど、からだが動かない。

「か、海王は……？」

弦は、首だけを持ち上げて海王をさがした。

かおるさんが、海王の手綱をにぎりしめて、落ちつかせているところだった。

「ごめんなさい。ぼくが……ごめんなさい」

ミトオは、おびえた目をして、弦を見ている。

「どうだ、立てるか」

ハルオジが、弦の腕《うで》をそうっとつかむ。

腕はなんともない。

ハルオジの力にまかせて、ゆっくり上半身を起こしてみる。

めまいもしない。なんともない。

からだをささえられるようにして立ち上がる。

どこもなんともない。

「よかった。ころび方がよかったんだ。骨折《こっせつ》はしていないようだ」

ハルオジが、首にまいたタオルで汗《あせ》をぬぐっている。

「心配させるな、まったく」

ただ、強く地面で打ったせいか、どこからくるのかわからない重い痛《いた》みが、からだ中をおおっている。

「いちち……」

シャツをまくると、ひじのあたりがすりむけていた。

ヘルメットの下、こめかみからほおにかけては、砂《すな》がびっしりついている。それを手ではらい落とす。

手の汗《あせ》にも砂がくっついて、なかなか落ちない。

それらを落とすのに懸命《けんめい》になっていると、弱々しい視線に気がついた。ミトオの足がこきざみにふるえている。

弦と目があったとたんに、目のふちに、じわりと涙《なみだ》の玉が盛《も》りあがった。

「ゲンくん……ごめんね。ほんと、ごめんね」

「…………」

いつもとはちがう、やっと耳にとどくようなかぼそい声でいわれると、弦もどう答えていいのかわからない。

わかっている。ミトオが悪いわけではない。

これは事故というほどのものでもない、たいした怪我《けが》もなくてすんだ。

だから、ミトオに「自分のせいで」という顔をされると、かえってなにか、とてつもなく大きなヘマをやってしまったような、みっともない気持ちになる。

「もう……おまえさあ、ちょっとはまわりを見て行動しろよ」

弦はいってしまってからハッとした。

その言葉は、おそらく、ミトオを一番に傷《きず》つけてしまうものだった。

ミトオは、だまりこんでしまった。

ミトオの母親が、「ミトオのために」と心配して薬を飲ませていたのは、こういうことだったのだろう。

弦はその深い思いまではくみとれていなかった。

ハルオジが目をふせていった。

「弦。きょうは、帰ろう」

弦の背中《せなか》をかかえるようにして、歩行をうながす。ミトオも、弦の腕《うで》に手をのばしてきた。

「だから、いいって!」

つい、その手をはらいのけてしまった。

そんなふうにするつもりはなかったのに。

弦は自分の無意識《むいしき》の行動に腹《はら》を立てた。

6　弓《ゆみ》を引く少年

馬事苑《ばじえん》からの帰り道は、最悪だった。

弦《げん》とミトオは、ハルオジの車で送ってもらいながら、車内でひとこともしゃべらなかった。

ハルオジが、気をつかってか、ふたりに交互《こうご》に話しかけてくる。

それぞれが、ひとことふたこと返事をする。

そしてまた沈黙《ちんもく》。

弦は、ミトオの家に着いたとき、心底ほっとした。

「ありがとうございました」

ミトオが車外に出る。

「おう。ミトオちゃん、また今度きてね」

ハルオジに頭をさげているのが、横目に見える。でも、弦はミトオを見なかった。

角《かど》を曲がってすぐにまた、車が止まった。

「ほれ、家についたぞ」

弦は、自分がぼうっとしていたことに気づいて、びくんとした。

あわてて、からだをうかせて、シートからはなれる。

車からおりたところで、ひざに痛《いた》みがはしり、弦は、からだをまるめこむように、その場にかがみこんだ。

「どうした」

ハルオジはエンジンを止め、すぐに、弦のそばにまわった。

「いたい……」

「さっき、打ったところか」

弦は、首をふる。

「わからない」

「病院行くか？」

「いい……」

弦は足の痛みをふりきるように立ちあがり、玄関のかぎをあけた。

靴《くつ》をぬぎすてると、居間のソファーにからだをなげだし、天井を見上げる。

ハルオジの顔が視界に入ってきた。

「どれ、ズボンの下を見せてみろ」

ハルオジの手がジーンズにのびるのを、弦は、からだを起こしてよけた。

「おじさん、おねがいが、あるんです」

「なんだ」

弦は、すっと息を吸った。

「あの」

「ん？」

「あの、ボク……、もう……馬に、乗らなくてもいいですか」

「は？　……なんだって？」

ハルオジの声が大きい。弦の肩《かた》に力が入った。

「海王に……乗りたくないんです……」

ハルオジが、ソファーにすわり、からだを前のめりにして弦に向きなおった。

そのいきおいに、弦は引きぎみに体をずらした。

「ひょっとして、落ちてこわくなったのか」

「ちがいます」

「どうした」

「時間が……ないというか」

そばにくると、威圧感《いあつかん》を感じる。弦は顔をあげられなくなった。

「時間？　は？　なにをいいだすかと思ったら！」

「ボクには、深刻《しんこく》なことだから。時間、ほんとにないんです。ほら、ボク、来年初めには受験だし、もっと勉強しないと」

「毎日、ぎっしり、塾《じゅく》に行っているわけじゃないだろ」

「でも、これから、講習時間もふえるし……予習の時間もふやしたいし……」

「なんだよ。馬に乗っている時間は、バカらしいというのか」

「そうじゃなくて」

あごをあげる。ハルオジの目とぶつかった。

「馬がどうとかいうんじゃないんです」

「じゃあ、なんだ？」

弦は居間の時計に無意識《むいしき》に目をやった。

どうやったら、ちゃんとNOを伝えられるのか、いう前から、うまく言葉をつかみとれない思いにおそわれている。

そんなようすにしびれをきらしたのか、ハルオジが口をひらいた。

「なあ。おまえ。昔は馬に乗っているとき、よくコロコロと笑っていたよな。おれは、その顔を見るのが好きだった。とても好きだったんだ。ずっと、あのころの顔にもどってくれるのをまっていたのにおまえは――」

「……」

「いまは、いつ見ても顔をしかめてばかりじゃないか……なあ、傷《きず》ついたのはわかるよ。おまえの母さんのあの事故でな。でも、いつまでもそこに立ちどまっていたらいけないんじゃないか。昔の自分をとりもどそうと思わないか?」

(は? なにをいってるの、このひと)

ハルオジの顔が、線の決まらない絵のように、ぼんやりと遠ざかっていく。

(おれはべつに、立ちどまってなんかいないだろ)

弦は、腹《はら》の底からわきあがるいらだちを封《ふう》じこめてこたえた。

「昔って……おじさんだって、ずいぶん、変わりましたよ」

「おれが、か? どう変わったというんだ?」

すべて。

そんな言葉が頭にこびりついているのに、口からはよういに出て行ってくれない。

長い沈黙《ちんもく》がつづいた。

車が通り過ぎる音が聞こえる。けれども、弦のまわりだけが、音をなくしたように静かだ。

秒針がひとまわりはしたころ、ハルオジがうなるように声をだした。

「なんだよ。はっきりいえないのか。らちがあかないな」

「……」

「よくいうだろ。ものごとがかたづかないとき。その埒《らち》っていうのは、馬場の柵《さく》のことなんだよ。おまえ最近は、柵の中に逃《に》げこんでいるところがあるよな。なんのための柵か知らんが。いいたいことがあるなら、柵をとっぱらって、ぶつかってこいよな」

（おれが、逃げこんでいる？）

事業をひとつ失敗したことで、人生を投げだすかのように、生活や態度《たいど》を百八十度変えてしまったのは、ハルオジではなかったか。

自分のつごうの悪いことから逃《に》げたあげくに、酒びたりになっているのは、ハルオジではないか。

弦がいいたいことをおさえているのは、ハルオジが、なさけない存在《そんざい》になりさがっているからだ。

まともな話なんかできるわけがないと思う。

今のハルオジに、返したい言葉は何もない。「ダメな大人のひとり」だ。だから無関心をよそおっていたのに、ハルオジがしつこくかかわってくるから――。

「上で、湿布《しっぷ》でもします」

ハルオジが帰ろうとしないのなら、弦が二階に行けばいいことだった。

「ちょっとまて。見てほしいものがある」

ハルオジは、あわててそういうと、尻《しり》のポケットをさぐり、折りたたんだ紙を、弦の目の前にひろげた。

「これは、そのうち見せようと思っていたんだがな」

カラー写真の入った記事だった。折り山がすり切れて、紙面も黄ばんでいる。

写真の中央に、着物姿《きものすがた》で馬に乗った男が、弓《ゆみ》をかまえている。

頭には、笠《かさ》をかぶっている。

なにかの行事かイベントだろうということはわかった。

「これが、どうかしたんですか？」

ハルオジは、中央の男に、黒ずんだ爪先《つめさき》をあわせた。

「この馬に乗っている少年、だれだかわかるか」

（え？　少年？）

横顔をよく見る。小さくてよくわからないが、いわれてみると、化粧《けしょう》をした横顔は、たしかに大人ではないみたいだ。

だけど、おぼえのない顔つきだと思う。

「わかりません」

紙面を指でせわしなくたたくと、ハルオジはこたえた。

「これはな。おまえのおやじさんだ」

「……うぇっ？」

弦の声がうらがえった。

ハルオジが、もういちど強くいった。

「これは、おまえのおやじさんだ」

「おやじさん、って、その、父さん……のこと？」

「そうだよ。わからないか？　化粧《けしょう》はしているが、おもかげがあるだろ」

紙をつかみとり、その黄ばんだ横顔に目を凝《こ》らす。

「なんですか、これ？」

「おまえのおやじさんはな、かつて、射手《いて》をつとめていたんだよ」

「イテ？」

「ああ。これは流鏑馬《やぶさめ》だ。伝統行事のだいじな主役で、馬に乗って弓《ゆみ》を射《い》る行事だ」

「ヤブ……？　ちょっとまってください」

弦の記憶《きおく》に引っかかるものがある。

ヤブサメとは、歴史の「武士のくらし」のあたりに出てきた気がする。

(江戸時代だっけ)

「つまり、その、行事の主役が、この姿《すがた》ってことですか」

「そうだ。馬に乗って弓を引く役を、みごとにやってのけたんだ」

「父さんが……馬に？」

「ああ。そうだ」

頭の中がこんがらがりそうだ。

「流鏑馬というのはな、昔の武家《ぶけ》社会での伝統の祭りなんだが、いまでもそのスタイルにならって、全国各地の神社などで行われている行事なんだよ」

つづきを聞いてもいないのに、ハルオジの説明がいきおいづく。

「このあたりでは、櫛見神社《くしみ》で九月に行われている。櫛見神社知っているだろ？

七五三でお参りしたことあるよな」

神社で、千歳飴《ちとせあめ》の袋《ふくろ》をもって写真をとったあの日のことだろうか。弦はなぜか、いっしょにもらった風船の色までおぼえている。

「たいていの射手《いて》は世襲性《せしゅうせい》で、伝統のある家の役目なんだが、櫛見の祭りでは、それにとらわれずに、少年が射手をつとめることになっている。おまえのおやじさんは、その由緒《ゆいしょ》ある行事の射手に選ばれたんだ」

弦は、あらためて、記事のすみずみまで目をやった。

今の父親とはまるで結びつかない。緊張《きんちょう》しているのか、こわばった顔の少年がそこにいた。

「父さんが、馬に乗ったことがあるなんて……」

「そうだろ。おまえには、まったくなにもいってなかったみたいだからな」

「馬にはぜんぜん、興味《きょうみ》ないと思ってた」

「よくそんな顔をしているよな、まったく」

馬上の父親のうしろには、たくさんの観客《かんきゃく》が写っている。

その観客たちはみんな、引きずったように輪郭《りんかく》がはっきりしない。

全部ブレているのだ。

「この馬、走っているんですね」

走っている馬にピントを合わせているからだ。

「かなりの速度で走っている馬の上から、的《まと》に向けて弓《ゆみ》を射《い》るからな。的は長い直線上に三箇所もうけてあるんだ。馬を走らせながら、それぞれに打ちこんでいく
……相当の技術がいる」

直線。

弦はそこのところが、やけに引っかかった。

「父さん、いくつのときですか？　これ」

「ん？　十五歳か。……二十五年くらいまえか」

「……十五歳」

「おまえのおやじは、弓《ゆみ》がうまかったんだ。中学の部活の顧問《こもん》に熱心なひとがいてな。弓道《きゅうどう》を深めているうちに見こまれて、射手《いて》のスカウトがきたんだ。びっくりだった。『射手ってなんだ？』って、そう、いまのおまえのような反応だった。ふたりで櫛見神社に通って、馬が目の前で走るのを見てな。こんな世界があるのかと、おれはたちまち、馬に熱をあげてしまったというわけだ。

おまえもこの感動はわかるだろ。馬の尻《しり》のあのデカさ。なんて力強くてデカイ生き物なんだ！　そのからだにつりあわないくらい、小さくてくるくるしている目！」

ハルオジは、目尻をさげて、話しつづける。

「その馬を、おまえのおやじが走らせたんだ。まだ力こぶも小さい細っこい腕《うで》で。しかも、弓を引くんだ。おれはもう高三で、卒業したら就職《しゅうしょく》すると決めていたが、おまえのおやじの練習につきあうのが楽しくてしかたがなかった。流鏑馬《やぶさめ》の馬はな、日本生まれの馬だ。在来馬《ざいらいば》だ。ずんぐりむっくりの太い足で、みごとに駈《か》けるんだ。迫力《はくりょく》あるぞ」

弦をおいて、まくしたてている。

「おまえのおやじは、いまはまじめなサラリーマンづらしているが、けっこう物事に熱くなるタイプだ。いまの顔にだまされるんじゃないぞ。あいつが本気になったら、おれはかなわないんだ。あいつはそういう強さをかくし持っている」

ハルオジは、まるで自分の手柄《てがら》を自慢《じまん》するように話す。

(知らない。そんな父さんなんか、知らない……知りたくもない!)

弦にとっては、今の父親との生活が平穏《へいおん》でありさえすればよいのだ。この先も、ふたりで、なかよく暮らしていければ、いい。

弦のうかない顔を見て、ハルオジも表情をもどした。

「おいおい。おまえ、他人事だと思って聞くんじゃないぞ」

「え?」

「つまり……、おまえ、やってみないか、って話だ」

弦は顔をあげて、ハルオジを見た。

「あの、……まさかですよね？」

「そのまさかさ。父さんと同じことをやってみたくないか、って話だ」

「…………」

「来年の射手《いて》をさがしているって話をな、祭りの役員からきいたんだ。つい、興奮《こうふん》して、おまえを推薦《すいせん》してしまったんだ」

（！！！）

返す言葉を失っている弦の肩《かた》に、ハルオジの重い腕《うで》がのった。

「心配するな。来年だ。今すぐの話じゃない。この行事も十年ぶりの復活でな。今年の射手は決まっている。来年十三だろ。最年少の射手になるらしいんだ。すごいじゃないか」

ハルオジの目が、ぐいとせまってくる。

弦は、その古い記事に視線を落とす。

「あの海王はな、そのために、借金して買ったんだ。まあ、おれのさいごの望みという感じかな。おまえがおれのえらんできた馬で、弓《ゆみ》を射《い》る。ぜったい、父さんもよろこぶぞ」

弦は、大きなため息をついた。あまりに現実味のないハルオジの望みを吐《は》きだすように。大笑いで吹きとばしてしまいたいのに、その気力はない。

「むりです。ゼッタイむりですよ。ボクには、できません」

弦はなるべく落ち着いて話そうと努力している。それでも声がうわずってきた。

「だいたい、そういう行事って、伝統とかルールとかしきたりとか、めんどうくさくてしょうがないやつでしょ。父さんだって――」

弦は、額《ひたい》やほおを朱色《しゅいろ》にぬられた父親の写真に、ムカついてきた。

「いや、まてまてまて。流鏑馬《やぶさめ》というのはな、昔は武士をきたえる武術からが大元だから、小笠原流とか武田流とか、伝統を重んじたものが主流だった。でもいまは、流鏑馬という文化自体を残そうという流れがあるんだよ。

たとえば衣装《いしょう》も、大会によっては狩衣《かりぎぬ》じゃなくてもよかったりしてな。万が一、落馬したときに、腰《こし》にさしている太刀《たち》が危険だとかの問題もある。在来馬《ざいらいば》用の鞍《くら》だって作る人間がいなかったりでな。ひとつの文化を残すのは、けっこう大変なんだ」

ハルオジはまだ話したりないいきおいだ。そこで弦は両手で耳をふさいで見せた。

「なんだ。それは」

「やめてくださいっていってるんです。そういう話はいっさい、聞きたくもないんです！」

ハルオジが、不自然なまばたきをしている。

「ミもフタもない言い方だな」

「ふつう、そう思いますよ」

「つたく。最初からそんなこといってどうする。やってみなければ、ほんとうには、どういうものかもわからないだろ？　おまえならできるぞ。おやじができたんだ」

「……弓《ゆみ》なんて、さわったこともないし」

「知り合いの道場がある。おれも少しなら教えられる」

「受験勉強が」

「だから、勉強しながら、やればいいじゃないか」

「また、きょうのようなことで、骨《ほね》でもおったら、塾《じゅく》に通えなくなります」

「なに、おってるあいだくらい、休んどけ」

「そんな……のんびりしたことといっていたら、あっというまに時間がなくなります」

「なんだよ、それ。さっきから時間がないだの。あのなあ、おまえには、ちっとは、こう、夢というものがないのか」

大きく首をふってみせるハルオジを横目に、弦はやっとの思いで鼻を鳴らした。

「なにがおかしい」

ハルオジの目の色が変わった。

「おい」

弦は腹《はら》をくくった。ここまでハルオジが一方的になっているとは思わなかった。

このままではいきおいで巻きこまれてしまう。だからもう、視線をそらさずにいうしかなかった。

「おじさん？　かってに、あなたの夢を押しつけないでくださいよ」

そのひとことで、ハルオジの黒目がゆれるのがわかった。でもいいかけた以上、一歩もひるむわけにはいかない。

「なんだと？」

「おじさんの夢がそうだからって、ボクがそれを望んでいるとはかぎらないでしょ。おじさん、ボクの気持ち、少しは考えてました？」

そんな言葉が、弦の口から飛びだすとは、かけらも思っていなかったのか、ハルオジは、しばらく、どこか遠くに自分の意識を飛ばすような表情を見せてから、弦に向きなおった。

「いや……だって、おまえ、馬が好きだったろう」

弦は、ゆっくりと首を横にふった。

「それも、決めつけです。好きかどうかなんて、ボクだっていまはよくわかりません。自分でもわからないことを、どうしておじさんなんかにわかるんですか」

ハルオジの顔が、積み上げた岩が落ちるようにくずれていく。

「わからない？　じゃあ、なんで、ついてきた」

「おじさんが強引《ごういん》で、ことわれなかっただけです」

「……昔も？」

「もう、小さかったころとはちがうんですよ。おじさんはなつかしいかもしれないけど、聞かされるこちらはたまらないですよ。無責任なおじさんの夢にふりまわされるのはこりごりなんですよ。どうか、ほうっておいてくれませんか。ボクは一日も早く、まともな大人になりたいんです。まともな！」

瞬間《しゅんかん》、弦のほおに、するどい痛《いた》みがはしった。

ハルオジのこぶしが、目の前でふるえている。

まぶたが、みるみる熱くなってきて、弦はあらい息を飲みこむように、ぐっと下くちびるをかみしめた。

「ばかやろう。がちがちの頭になってやがる。おまえなんか……ただのばかやろうだ！　机にかじりついて、おやじみたいに仕事人間になるだけじゃないか！　それがまともなもんか」

「ハア？　その父さんがまじめに働いているから、ボクはこうしていられるんですが？　ばかなのは、どっちだよ。矛盾《むじゅん》しているよ！」

ハルオジはよろよろと床《ゆか》にひざをついた。顔をてのひらでおおうと、恥《は》ずかしげもなくしゃくりあげた。

ハルオジがぶざまに泣く姿《すがた》を見るのは、二度目だ。さいしょは弦の母親が亡《な》くなったときだ。父のとなりで、弦が泣くのをこらえていたときに、この男は、遺影《いえい》の前で、わあわあと騒《さわ》ぎたてるように泣いたのだ。

通夜《つや》に集まった人たちはざわついて、ハルオジを、怖《こわ》いものでも見るように遠くで見ていた。

そうなのだ。ハルオジは自分の気持ちをおさえられない人なのだ。

弦は、自分の気持ちがさめていくのがわかった。

「……おじさん。おじさんこそ、はやく、気づいてよ。そんな風に、泣いたりわめいたり、酔《よ》いつぶれたりしても、だれも助けてはくれないんだよ。なのにおじさんはいつまでも、こぎたない格好《かっこう》でうろうろするから、もう、うんざりしているんだよ。どうして、夢の話ができるの？　そんな夢とか理想より、いい大人なんだから、自分のことくらい自分で大切にしてよ！」

ハルオジの目が大きく見ひらかれたまま、弦を見ている。

「それと、おじさん。父さんのこと、バカにするのはゆるさない。父さんは、だれよりも一生懸命生きている。母さんが亡くなって、ひとからなにかいわれないように、がんばっている。おれはそんな父さんを少しでもらくにさせてあげたいんだ。だから勉強して、いい就職《しゅうしょく》をして、働くのが目標なのに、それのどこが悪いんだよ」

弦は、ていねいな言葉を使うのをわすれてしまっていた。

だからこそ、いま口から出たものは、ハルオジに対する本当の気持ちだった。

ところが、いいたいことをいったことで、すぐに不安がおしよせてきた。

「そうか……」

ハルオジの目が弦の胸元《むなもと》でとまり、まぶたをとじた。

「わかったよ。よおくわかった。おれがすべて悪いんだ。おれが、おまえの前から、金輪際《こんりんざい》いなくなれば、うまくいくんだな。ああ、わかったよ、わかったわかった」

ハルオジにそう返されて、弦は返す言葉を失った。

(なんだよ。こんどは、キョウハクかよ……)

ハルオジは無表情のまま立ちあがると、からだを大きくゆらし部屋を出ていった。

重たい音を立てて、玄関のドアがしまった。

7　父さんの話

午前二時。

玄関のあく音がして、弦《げん》はあわてて階段をかけおりた。

「父さん！」

「おどろくじゃないか。まだ寝《ね》てなかったのか」

父親は、ほんとうに「おどろいた」という表情をして、弦を見上げた。

「いま、ぐうぜん起きたんだ……のどがかわいて」

ウソをついた。

弦は、これほど、父親の帰りをまちわびた日はないというぐらい、ずっと、このときをまっていた。

そんな気持ちを父親は知るはずもない。

いつものとおり、まずネクタイをゆるめると、上着をハンガーにかけた。それから台所に向かい、冷蔵庫からやかんをとりだした。

やかんには、いつも、わかした麦茶が冷えている。

やかんのまま冷蔵庫に入れるのは、冷えるのが早いからだ。それと、庫内のガランとした空間をうめるには、ちょうどよかった。

「なんだ、おまえ。さっきからぼうっとして、お茶飲むんじゃなかったのか」

「あ……」

父親にうながされて、弦はあわてて、コップをふたつ、ダイニングテーブルにならべた。

やかんから冷えたお茶がつがれる。

「ほれ」

「サンキュ」

弦はコップを少しかたむけただけで、父親の、お茶を飲みほすタイミングを見て、それを切りだした。

「父さん、さ……その、父さんも、昔、馬に乗っていたんだね」

「あ？」

ふりむいた顔は、なんかいったか？　とでもいうようだ。

「えっと、きょう、晴久《はるひさ》おじさんからきいたんだ。父さん、弓《ゆみ》持っていて……かっこよかったのを見たよ。なんで、いままでいわなかったの？」

「弓？　ああ、流鏑《やぶさめ》馬のときのだな」

「そうそう、それ」

「……まあな」

弦のとうとつな質問に、べつにおどろきもしない。

たんたんとした返事は、ハルオジとは大ちがいで、逆にひょうしぬけしてしまう。

「あ、あのさ、大人にとって、過去ってそんなに大切なものかな。流鏑馬っていうのも、大昔の行事なんでしょ。なんで、それをいま、する意味があるのかなあって。ムダだと思うんだけど？」

弦はコップにのこっていたお茶を、ひといきに飲みほす。

「なるほど。そんなこと、あんまり疑問に思ったこともなかったな」

父親は、シャツのボタンをはずしかけたまま、ダイニングのいすにすわると、目《め》尻《じり》にしわをつくってわらった。

弦も、向かいのいすにすわる。

「そうだな。なんでだろうなあ。でも、伝統と考えるからむずかしくなるのかもしれないな」

「どういうこと？」

「もちろん、文化をのこす意味でやっているひとたちもいると思う。所作《しょさ》とかルールとか、古来から伝わってきたものを伝える役割《やくわり》のひとがいる。でも、それだけではないと思うな、おれは」

「なんだろう？」

「んー、うまくいえないが、文化っていうのも生き物だから、ひとが呼吸《こきゅう》するように、時代によりそって生きてきたものがあるというか。古いからといってその文化を消してしまうのは、どこかにしわよせが行くんじゃないかな。…ひとの心とか思いとかに。ひょっとすると、明日、弦が出会うなにかに影響《えいきょう》をあたえるかもしれないしな」

「明日に？」

弦の胸《むね》が、少し波打った。

「まあ、たとえだよ」

「でも、父さんは、そういう伝統とか過去にこだわってなんかいないよね」

「まあ、いつも、こんなことをまじめに考えてはいないが」

弦はまだコップをにぎりしめている。

「どうした。いいたいことは、もっとべつのことだろ？　なにがあった？」

（そうだった……。ちがう話がしたかったんだ）

弦は、こくんと大きくうなずいた。

「ハルオジが、ボクのこと、机にかじりついている、ただのばかやろうだって」

「は？　そう、おまえにいったのか」

「うん」

「自分のこと棚《たな》にあげて、よくいうよな、まったく」

「でも……なんでそんなことに、いちいち、傷《きず》ついてんのかな。そんなことに腹《はら》を立てる自分も、すごくいやなんだ」

父親の手が、弦の頭におりてくる。

「バカだな。そりゃあ傷つくさ。むりするな」

小さい子がされるように、なでられる。

弦は、顔をふせたまま、話をつづけた。

「おれ……早く、父さんのように仕事したいんだ。役に立つ人間になりたい。金持ちになりたい」

「また、ずいぶん、夢のない話だな」

「なんで？　夢あるじゃん。金持ちだよ？」

「しかし、父さんのようにはなれんと思うぞ」

「じゃあ、高給のサラリーマンがいい。だって、世の中をささえているのは、父さんのように、毎日まじめに働いているひとたちでしょ」

「まあ、そうなんだけどな。おまえの歳《とし》で、先を見すぎじゃないか」

「そんなことといったって、まともな就職《しゅうしょく》をするのは頭のいいやつばかりじゃないか。政治を牛耳《ぎゅうじ》ってるのだって金持ちばかりだよ。だから、勉強して、いい学校に入るんだ」

父親が立ち上がる気配がした。もう一ぱい、お茶を飲んでいる。

「なあ、弦。おぼえているか、母さんの最期」

首を横にふった。

「そうだったな。おまえは救急車に乗りそこなって、ひとりのこされていたんだもんな」

乗りそこなったというより、乗れなかった、弦はそう思っている。近づくのが怖《こわ》かったのだ。

「おれはとりみだして、おまえのことまで考えるよゆうがなかった。あとから家でひとりでまっていたと知ってびっくりした。ひどく不安だったろうに、すまなかった」

弦は大きく首をふった。

あのとき――。

母親は、弦に手をふって玄関を出た直後に、暴走車にはね飛ばされた。

すさまじい音におどろいて道に飛びだすと、赤黒い血が流れているのが見えた。

近所のひとがかけてきて、その血のまわりにどんどんあつまった。

あつまったひとの足のあいだに、母親の手が見えた。

その手が、だれかをよんでいるように、動いていたのを弦は見ている。

「母さんは、ずっと意識《いしき》があったんだ。はねられた直後も、病院にはこばれる救急車のなかでも、生きようとけんめいだった。おまえの名前を何度もよんでいた。その時間、時間にしてみれば短いかもしれないが、あいつにとっては、とほうもなく、長く苦しい時間だったと思う。それでも生きたいとがんばっていた」

弦はコップを見たままうなずいた。

「母さんからは、『命と引きかえられるものは何もない』ということを教わった」

「うん……」

弦だってそうだ。だから、一分一秒でも時間を惜《お》しむ気持ちでやってきた。

「まず、いつも、そのことをちゃんとわかっていてほしい。人とくらべたり、世間《せけん》がどうのというまえに、おまえ自身をだいじにしてほしい。おまえのやりたいことから出発してほしい。でも、な。やりたいことをつらぬくには、なかなか根性がいるんだぞ。人に信頼《しんらい》される政治だって、仕事で上に立つのだって、経験を積《つ》まないと、ほんとうにはできないものなんだよ」

父親の指先が、弦の頭をこづく。

「うん。おぼえておく」

弦は、Ｖサインをつくった。

「もう一ぱいいるか？」

「ちょうだい」

父親は、やかんをとると、弦がにぎりしめているコップに、なみなみとついだ。

「弦、それと、晴久《はるひさ》おじさんのことだけどな」

「うん」

「兄貴は……おじさんは、まじめなひとなんだ。おまえと似ているよ」

「え？」

「計算ができない性分《しょうぶん》なんだよ。こっちが損《そん》だからそっちと、割り切れるほど器用になれないんだよ」

弦はどぎまぎしている。まさか、自分がハルオジに似ているなんていわれるとは、思ってもいなかった。

「おれの育った家はけっこう貧しくて、兄貴は高校を卒業して公務員になった。兄貴は恩着《おんき》せがましくはいわないけど、おれを大学にやりたかったのもあったと思う。公務員だったら収入が安定すると思ったんだろうな」

「……そうなんだ」

弦はそのころのハルオジのことは、まったく知らない。

「でも兄貴は、職場ではうまく人間関係をつくれなかったようだ。いまでいう、パワハラ？　まあ、あのとおりクセのあるひとだからね。それでも十五年はむりして働いていた。おれも兄貴のおかげで、ぶじに大学を卒業した。ところが職場をやめてから兄貴は、たまっていたストレスを発散するように、競馬《けいば》に通うようになった。そこで稼《かせ》いでもうけようとするうちに、ギャンブルの面白さからぬけだせなくなってしまった」

「……」

「そんなとき、兄貴をさそったひとがいた。乗馬クラブの経営を手伝わないかって。馬好きな兄貴をさそって、兄貴が貯《た》めたお金をあてにしたんだ。それでも兄貴はすごくうれしがっていた。仲間ができたんだよ、やりたい仕事が見つかったんだよってよろこんでね。

おまえもよく馬場につれてってもらったよな。けっきょく、経営が立ち行かなくなって、閉《し》めることになったんだけどね」

弦は、乗馬クラブを引き渡してからのことは知っていた。だが、こうしてくわしく話をきいたのは、はじめてだった。

「弦がどう感じるかはわからないが、この話をきいて、わかったふうに思う人もいるだろう。だまされるのが悪いんだって。あるいは、社会に適応《てきおう》できないだめな人間だとかね。あれこれ非難《ひなん》するのはかんたんだよな。でも、まっただなかで苦しんでいるのは本人なんだよ。だろ？」

「うん……」

「兄貴なりに、おまえのことを心配しているんだ。正直すぎて不器用《ぶきよう》なんだよ。子どものおまえに、わかってやれ、というのはむずかしいと思うが、おまえがかわいくてやっていることだ」

父親は、箱からティッシュをつまみ、豪快《ごうかい》に鼻をかんだ。

丸めたティッシュを、ゴミ箱にむかって投げる。はずれる。――と、わざわざこぼれたティッシュをひろって、また投げる。

こんどは、命中した。

「でもさ、それはさ、いいづらいけど、やっぱり、おじさんがいけない面もあったと思う」

「そうか。そう思うか」

「うん……だって、格好《かっこう》つけてたって、まわりにめいわくかけてたら意味がない！」

「おれはな、もし逆の立場だったら、どうしていたかなあとよく思う。弟のために自分の将来を考えるなんて、しなかっただろうな。おまえもだんだんわかってくると思うが、うまくいっている者のかげで、貧乏くじ引いている者もいる。そういう立場ってものは、いつ変わるかもわからない。いま、毎日元気に仕事にはげんでいるおれでも、病気になって、兄貴やおまえに、やっかいをかける日がくるかもしれないんだ」

「父さんが？　おどかさないでよ」

「ありえるさ。だから、せめていまは、まっとうな親らしく生きている。おまえにたよられる父親としてな。兄貴とおれのちがいは、ただそれだけだ」

話しおえて、ホッとしたようにやわらかく笑った。

「自分に正直に生きている分だけ、兄貴のほうが信用おけるかもしれないぞ」

弦は、首を大きくふっていた。

「十分かっこいいよ、父さんは。残業をしても、いつもこっちのこと心配してくれるし、食事だってちゃんとつくれる。母さんの分も働いてきたんだ。とにかく、すごいよ。高い壁《かべ》に立ちはだかれてるみたいだよ」

「壁か？　おれが？」

つい口から出た言葉に、弦自身があわてた。

「あ、ボク……眠《ねむ》れそうだから、寝《ね》るね」

「ちゃんと、腹《はら》にタオルケットまくんだぞ」

「ハハ。ありがと」

弦がテーブルから立ち上がろうとしたとたん、居間の暗がりで、電話が鳴った。

父親が弦の顔を見つめながら、慎重《しんちょう》に受話器をとり、ひとことふたこと返事をして、電話を終えた。

――真夜中の電話。

弦は直感していた。

ふりむいたその顔は、ひどくこわばっていた。

「兄貴が、大学病院に運ばれたそうだ」

やっぱり、と弦はふるえるこぶしをにぎった。

ハルオジは、アパートの近くのコンビニの前で、おう吐《と》し、たおれたらしい。

気がついた店員が介抱《かいほう》し、救急車で運ばれたということだった。

ハルオジの横でこなごなにわれている酒の容器が、目に見えるようだった。

「黄疸症状《おうだんしょうじょう》が出て、とにかくほうっておくとあぶないらしい。とりあえず、病院に行く。弦は、どうする？」

シャツのボタンをとめなおす指先を見ながら、弦はいい放った。

「ボクは行かない。死んじゃえばいいいんだよ。そんなに死にたいなら」

「……わかった」

父親が早足で玄関に向かう。

弦は、そのうしろで、ひとりごとのようにつぶやいた。

「そうして、動けなくなるまで、ぐちゃぐちゃになってるなさけない姿《すがた》を、ボクがこの目で見てやるから。おじさんが灰《はい》になるまで、ボクが、しっかり見てやる」

父親がふりかえる。

「それをつたえればいいんだな」

「……つたえないで！」

ふっと顔をゆるめて、弦に問いかける。

「じゃあ、なんで、そんなに泣いているんだ」

「知らないよ。かってに涙《なみだ》が出てくるんだから！」

弦は、父親が出て行ったあとも、玄関にむかって仁王《におう》立《だ》ちをしていた。

8　ヒビン！

ハルオジは、大学病院に入院し、面会謝絶《めんかいしゃぜつ》になった。たおれたとき、軽い意識障害《いしきしょうがい》を起こしていたらしい。アルコール性肝炎《せいかんえん》の初期と診断《しんだん》された。

重度のアルコール中毒の傾向《けいこう》のある患者《かんじゃ》が、治療《ちりょう》のあいだ酒を断《た》つと、禁断症《きんだんしょう》状《じょう》が出る。場合によってはあばれだすため、そのときはそれなりの病室を用意すると、父親が医者の説明を受けてきた。

「心電図やなにか複雑《ふくざつ》なモニターのある部屋で、からだに管《くだ》つけられて、酸素《さんそ》マスクをされているのを見て、一瞬《いっしゅん》、部屋をまちがえたのかと思った」

弦《げん》は、サイボーグみたいに配線だらけになっているハルオジを想像してしまった。

「でもな。あの状態が、いまの兄貴の姿《すがた》なんだって、現実をつきつけられたよ。あんなになるまでほうっておいて、ひどい弟だよな」

ハルオジは命こそ助かったものの、肝機能の数値が落ちつくまでは、「危篤《きとく》患者」と同じあつかいだった。

二週間後、容体《ようだい》が落ち着いてきた。弦はようやく、見舞いに出かける気持ちになった。教えられた病室の前に立ち、スライド式の戸をそっと引いた。

カーテンで仕切られた向こうから、父親とハルオジの会話が聞こえてきた。

「たおれたとき、うちの電話番号を書いたメモをにぎりしめていたそうじゃないか」

「ああ……だァから……連絡《れんらく》がいったのか……」

ハルオジの声はくぐもっていて、聞きとりにくい。まだ少し神経系の症状で会話に問題があるようだった。

「おれはとうに、兄貴に見切りをつけている」

「はアっきりいうな」

「いうさ。おれは大学行かせてもらって兄貴には感謝している。でも、その感謝を返そうなんて思ったことはない。自分が可愛いからね」

父親の声のトーンは、いつも弦に話すときより、低く感じる。

「は、いいじゃないかそれで……うまく、まわっている…んだ」

「だけど、弦はちがう。四六時中、兄貴のことを考えている、ゆいいつの味方をなくしていいのか」

「ばああか。味方なんか、いるか。戦いごっこじゃや、あるまいし……」

カーテンのすきまから、ハルオジがベッドからのろのろと上体を起こし、ロッカーを指さしているのが、見えた。

「そこの、上着のポケット…メモと地図がある。あいつに…弦にわたしてくれ」

「地図？　なんの地図だ」

「弦にわたせばわかる。すまん、といって……」

「これだな。わかった」

ブーンと低く音をたてていたクーラーが、急にしずかになった。

弦はドアから手をはなすと、病室に入らず、早足でろうかを引き返し病院を出た。


それから何日か後。

塾《じゅく》のない日に、弦はようやく、ハルオジからわたされたメモと地図をたよりに、ある場所をたずねていくことにした。

それは、神社の境内《けいだい》にある道場への地図で、メモによると、その道場で週に二回、市の広報で募集した初心者を相手に、弓道《きゅうどう》を教えているらしい。

少林寺拳法《しょうりんじけんぽう》や習字の教室があるのは、弦も知っていた。以前、同じクラスのやつが通っていたことがあった。

だが弓道の教室とは初耳だった。

神社の奥《おく》にある道場に着き、靴《くつ》を「下駄箱《げたばこ》」に入れ、板の間にあがると、弓《ゆみ》が目にとびこんできた。

長さのちがう弓《ゆみ》が三張《はり》、棚《たな》のようなものに立てかけられている。

弦が弓立てに近づき、弓の胴《どう》に指先でふれていると、ひとの気配がした。

長身の、道着《どうぎ》姿《すがた》の男のひとが、弦を見おろしていた。

「あっ、かってにあがりこんで、すみません」

弦はとびさがった。

男のひとは笑っている。

「ああ。きみはもしかして、晴久《はるひさ》さんの？　まえから晴久さんが、紹介《しょうかい》したい、したいっていってて、きみんちの電話番号までは教えてもらってたの。でも、そのあとたおれたってきいて、もうびっくりして――」

ここでも、初対面なのに、馬場のときのように親しく話しかけられて、弦はとまどった。

ハルオジからもらったメモには、「青木をたずねろ」とあった。

弦は、青木さんが話すのをさえぎるように、頭をさげた。

「あの、青木さんですか？　ごめんなさい」

「ん？　きてそうそう、どうしたの？」

「おじさんが、なにか相談していたのかと思いますけど、ボク、弓道《きゅうどう》なんて、まるきりやるつもりないんです」

青木さんは、一瞬《いっしゅん》おどろいてみせて、すぐにまた表情をもどした。

「そうなの？　まあ、そんなことだとは思っていたけれど」

決心してきたのに、青木さんの反応は、意外なくらいあっさりしていた。

「あの、ハル……おじさんは、ボクのことを、なんていってましたか」

「ん？　まあ、教えてもらいたい子がいるからって」

弦は、もういちど大きく頭をさげた。

「ほんっとに、すみません。かってに見ず知らずのひとに、あつかましくて」

青木さんが笑いながら、「やっぱり、まじめだね」といった。

「だけど見ず知らずではないんだ。いちどきみに会っているよ。スカイガーデンで」

「え？」

「乗馬を習いに通っていた大学生にまじって、高校生がいただろ？　おぼえていないかなあ。それが、ぼく。きみはまだ、幼稚園児で」

弦は青木さんの顔をよく見てみる。そういわれればふしぎと、はじめて会った気はしない。

「ぼくはおじさんに、スカイガーデンで乗馬を習った借りがあるから、たのまれて、弦くんに教える約束《やくそく》をしちゃったんだ。ただそれだけだよ。だから気にしないで」

「ありがとうございます」

「ここには、火曜日と木曜日に教えにきているから。これからも気が向いたら遊びにきてよ。土曜日も、月に一回、社会人相手に教えている」

弦はこくりとうなずくと、もういちど青木さんに頭をさげて、道場を出た。

帰りの道は胸《むね》の中がすっきりとして、しぜんと小走りになった。お腹《なか》の底から笑いがこみあげてくる。

(あの青木さんの目!)

弦がたずねるのをまっていたという言葉に、うそはないと思う。

青木さんの目を見ればわかる。

でも弦は思うのだ。なぜ、あのように、たったいちどの約束《やくそく》で、他人をまつことができるのだろう。

(青木さんを引っぱっているのは、弓《ゆみ》なのかな。それとも何かを信じる思い?)

少し先の曲がり角《かど》を過ぎたところで足をとめて、道をふり返った。

自分のかげが長く見える。

「弓、やってみようかな……」

弦は思わず、そうつぶやいていた。

「松風荘１０２……」

弦は、ハルオジのアパートを見あげた。一階と二階にドアがそれぞれ四つある。あたりの草木はのびほうだいだ。

もう九月に入ったというのに、太陽の光線がびりびり肌《はだ》をつきさしてくる。汗《あせ》は、とぎれることなくまぶたにおちてくる。その汗をぬぐいながら、１０２号室のドアの前に立つ。

ハルオジのアパートにくるのは、二年ぶりだった。

ドアの前で、その記憶《きおく》をよびもどすかのように息を吸った。足元にうすよごれた木のかけらが落ちている。靴先《くつさき》でけると、かけらの下の地面から、なにかがわあっと動きだした。

ダンゴムシだ。そのほかにもちいさな虫がいる。

一匹のミツバチが、地面をつかずはなれず飛んでいく。目で追いながら、弦はブザーを押す。

反応がない。

(寝《ね》ているのかな)

弦は、つづけて二回三回、鳴らした。

ブザーがこわれているということもある。

ドアに耳をあてると、奥《おく》のほうからゴトと音がして、ノブが大きくまわってドアがあいた。

ぬっと出てきた男の顔。

弦はおもわず一、二歩と、さがっていた。

ハルオジじゃない！　一瞬《いっしゅん》、そう思った。

「なんだ、弦か」

ハルオジだった。

「あ、頭……」

弦は口をぽかんとあけたまま、ハルオジの頭を見ていた。

髪《かみ》の毛がないのだ。

あのうっそうとのびていた髪の毛が、短くかりこまれていた。

「なんだ、にあわないか？」

弦は首を横にふる。

「おまえがくるなんて、めずらしいな」

ハルオジの言葉はすっかり元にもどっていて、弦は安心した。

絶対安静から二週間、ようやく一般病棟《いっぱんびょうとう》に移ってからも、弦はいちども見舞いに行かなかった。自分でもその気持ちの説明はつかなかった。

ハルオジに、入るよう手ぶりでいわれ、ぎこちない動作で靴《くつ》をぬいだ。

四畳半《じょうはん》ふたつに、小さな台所がついたせまい部屋だ。

けれどもおどろいたことに、きれいにかたづいていた。以前きたときは、「ちらかっている」ではすまないほど、ひどいありさまだったのだ。

部屋のすみに、ゴミでいっぱいになったビニール袋《ぶくろ》が口のあいたままおいてある。

「そうじ、してたの？」

ハルオジは、掃除機のホースを足ですみに追いやりながら、へんじをした。

「ああ、そうだ。おまえに『こぎたない』といわれたからな」

弦は、あ、と声にだし、目をふせた。

「べつに、おまえがそんな顔をすることはない。おれは昔から、他人にはいろいろいわれてきた。傷《きず》つく自分にさんざんつきあってきたから、いまさら、だれかになにをいわれたところで、どうにもならんし、だれになんと思われようが、おれはおれ、おれのやりたいようにやると決めているんだよ」

そこで、ハルオジは、畳《たたみ》の上にあぐらをかいた。

「だが、今度のことはべつだ。おまえにいわれて……おれは、むちゃくちゃ平気じゃなかった。ショックだった……おれにもまだ、傷つく気持ちがのこっていたんだな……。自分でおどろいた」

弦はなんとこたえてよいかわからない。

話を聞きながら、ただ、つっ立っていた。

「すまない、おれの気持ちを押しつけて」

ハルオジが、つぶやくようにいった。

「おれの知っている世界を、おまえと共有したいと思いこんでいたのかもしれない。過去に引きずられていたんだな。おまえは馬が好きだと思い、おれの考えについてきてくれるとかんちがいして」

いつもの野太《のぶと》い声とはちがう。弱々しい声だ。

まだ、元のからだにもどっていないのかと心配になる。

弦は、首を、かすかに左右にふった。

「おじさん、青木さんにはちゃんとことわったよ」

「……ああ。すまん」

頭に気をとられていたせいで気がつかなかったが、ハルオジはひとまわりちいさくなっていた。

（おじさん、こんなだったっけ）

弦は、きょうハルオジに見てもらおうと、用意してきたものがあった。

デイパックにつっこんできたタブレットをつかみとり、ハルオジの前で電源を入れる。

「なんだ、それは」

「父さんから借りてきた、ノートパソコンみたいなもの」

ハルオジは、パソコンに興味《きょうみ》がないから、めずらしいのだろう。

「なにを見せる気だ？」

「いいから」

弦は、とりこんだ映像ファイルをパネルにひらくと、スタートボタンをタッチするようにいった。

「これを押すのか」

ちいさく、うなずく。

映像がはじまると、ハルオジはタブレットをかかえたまま、正座《せいざ》をして画面に集中した。

パネルに「ちいさこべようちしゃ　そつえんしき」の横断幕《おうだんまく》が映《うつ》ると「あ？」とつぶやいた。

映像はあっという間にはじまり、その場面が流れてしまった。

「もういっぺん見られるか？」と弦にせがんだ。

弦は、さっきと同じように、最初の画面をひらく。ハルオジがタッチをする。

園児がひとり、舞台《ぶたい》の中央に立っている。

園児は一瞬《いっしゅん》、園長先生の顔を見て、ウンウンウンと三度うなずいてから、かかとを上げると、口を大きくひらいた。

——きりんぐみ　なかがわ　げん

——ぼくは　おおきくなったら　ハルオジさんみたいに

——うまと　なかよしになりたいです

——ひひん

画像の園児は、両手を腰《こし》につけて自慢《じまん》そうだ。いいおわると、小走りで園長先生の前に立ち、卒園証書をもらう。

退場するときは、画面のほうに手をふりながら、また「ひひん」とさけんでいる。

ハルオジは、正座をくずし、額《ひたい》をかいた。

「これ、おまえ、か」

「……そう」

へえ、とやり方をおぼえて、自分で再生している。

「——卒園証書をもらうときにいわされたんだ。将来の夢ってやつ」

幼稚園から記念に贈《おく》られたＤＶＤから、ハルオジに見せたくて、弦はとりこんだのだ。

「おまえの、将来の夢は……ふ、馬となかよしか。かわいいな」

ハルオジは、カクカクと、あごをゆらしながら笑った。

「たのむからからかわないで。こんなの引っぱりだすんだって、けっこう、恥《は》ずいんだよ」

「ああ。すまん……」

弦は、畳《たたみ》に腰《こし》をおろし、両足をかかえこんですわった。

「みんな、サッカー選手になりたいとか、テレビのヒーローになりたいとかいってるんだ。ひとりだけういてる」

「そうなのか」

「そうだよ。しかも、夢におじさんが出てくるのは、おれだけ」

「ハハハ」

「笑うなよ」

弦は口をとがらせた。

「すまん。わるかったな。ほんとに、すまん」

あやまりながらもうれしそうだ。

ハルオジは、五回目の再生を見終わったところで、弦にタブレットを返した。

「おれのせいだといいたいんだろ。わかってるよ」

わかってないよ、と、弦は、ため息をこぼした。

「おれ……このころの夢って、あたりまえだけど、ほんとはなんなのか、わかっていなかった。ただ、ばくぜんと、〈将来なりたい仕事〉や、〈やりたいこと〉をいえばいいのかと思ってた。

サッカー選手になりたいとか、ヒーローになりたい、とかいってた子たちのほとんどは、もう、そういう夢なんか、ぜんぜん見当ちがいだって、わかってたりして……ああ、なんか、まとまんない。なんていうか、とにかく、こういうこと無邪気《むじゃき》にいえてたころの自分を、消したいと思っていた。もう、こんなチビじゃないいんだって」

「…………」

「でも、おれ、ゆうべ、この画像を編集しているうちに、ハッとしたんだ。おれの夢って、このときはもしかして……なんていったらいいのかな。ほんとうに馬となかよしになりたい、と思っていたんじゃなくて、ハルオジが心から打ちこんでいることに、きっと、チビながらも、あこがれみたいなのを感じていたんだと思う」

ちらっとハルオジを見る。

ハルオジが、あごを引いて、こちらをまっすぐに見ている。

「いいたいこと、つたわっている？」

弦は、ひっしに言葉をさがした。

「カッコよかったハルオジが、仕事ダメになって、がっかりして。おまけに、酒ばっかり飲んでヘンになっちゃって……。おれ、ハルオジに文句《もんく》ぶつけながら、自分はちゃんとやっているぞって、思いたかったのかも。それで、自分の気持ちや怒《いか》りをラクにしているところがあった。

で、……とにかく、いいたいのは、このあいだ、ハルオジが病院に運ばれたときに、わかったことは、結局、ハルオジみたいな大人が、おれには……必要っていうか……その」

いいおわらないうちに、ハルオジの太い腕《うで》が、弦の背中《せなか》をしめつけた。抱《だ》きしめられたのだ、とわかるのに、時間がかかった。

「弦……」

「いたいよ」

「おまえ……ハルオジって、昔のようによんでくれたな」

弦はびっくりした。いま、無意識《むいしき》に口に出ていたのか。

「心の中では、ずっと、よんでいたかも」

「そうか、すまん……」

さらに、強い力でしぼられる。

弦は、こういう息ぐるしさを、どう受けとめていいかわからない。ハルオジの髪《かみ》のにおいが強烈《きょうれつ》だ。整髪料《せいはつりょう》のにおいらしい。

「あ、あのさ」

「なんだ」

ハルオジの声が、すぐ耳の横で聞こえる。

「あの……男同士で抱《だ》きあっているのって、なんかマジ気持ちわるい」

「おンまえ、かっわいくないいな」

弦は、テレビ台の上に、ふしぎなものを見つけた。弦をだっこした母親をまんなかに父親、そしてハルオジが、いっしょに写《うつ》っている写真だった。

家ではこんな風に写真をかざる習慣がない。

「ねえ、ハルオジ」

「なんだ」

弦はゆるんだ腕《うで》からのがれると、右肩《みぎかた》によったTシャツをまっすぐになおした。

「ハルオジって、おれの母さんのこと、好きだった？」

ハルオジの目が、一瞬《いっしゅん》、寄り目になった。

「バッカじゃないか、おまえ。そういうこと、大人にどうどうと聞くなよ」

「いいんだよ。べつにかくさなくったって。なんとなく、わかっちゃった」

ハルオジは急に立ちあがり、写真立てをふせると、また弦に向き合ってあぐらをかいた。

「いいか。おまえ、ヘンなカングりはよせよ。おれはぜんぜんっ、おまえの母さんからは相手にされなかったんだからな」

「わかってるって！」

「は？　なんだ、わかってるって。やっぱり、おまえはりっぱなクソガキだな！」

弦は、ムキになっているハルオジが、なんだか子どもみたいでにやにやと笑った。

「いいよ。生意気《なまいき》なクソガキで。で、生意気ついでにいわせてもらうと。おれ、挑戦《ちょうせん》することにしたんだ」

ハルオジの顔に「ますます意味不明」と書いてある。

「ヤブサメだよ」

「……なっ、んだよ、青木にことわったって、さっきいってたじゃないか！」

「聞いて！　ハルオジがさ、ヤブサメに引かれる気持ちって、まだあまりよくわかんないんだ」

「いいよ。べつにいいよ、もう。おれの過去のこだわりだ」

「だからー、話は最後まで聞く！」

「おお」

頭をかかえこむようにしていたハルオジが、顔をあげた。

「おれは、ハルオジの過去につきあおうなんて思っちゃいない。もちろん、父さんの過去にも」

「ほう」

「おれはおれのやりたい方向で、未来に向かってみたいと思ったんだ」

「めんどうくさいよ、おまえ」

「うるさいなあ。このあいだ、青木さんに会ったとき、心に引っかかったものがあったんだ、青木さんの目を見て、どうしたら、あんな大人になれるんだろうって知りたくなった……そんな理由じゃいけないのかな。とても引かれるんだ、あんなひとに」

ハルオジが、ああ、と声をもらす。

「なれるさ。なったらいいさ。自分ばかりか、だれかの可能性をも応援できる大人に……な」

(可能性……か)

弦は、タブレットを抱《だ》きしめていた。

9　走れ！　弦《げん》

大量のキバナコスモスがゆれている。

「第五十一回、流れる……なんとか馬まつり……なに、これ？」

ミトオが、弦の顔の前で紙をちらつかせている。

ミトオの家の玄関前だ。

「ゲンくん、ちょっと、聞いてる？」

弦は、目の前のミトオの顔に、焦点《しょうてん》を合わせた。

「なに？」

「なにって、さっきから、これ、なんて読むのって、きいているの！」

ミトオが、紙を引きちぎらんばかりにふっている。

紙は、ハルオジからもらった流鏑馬《やぶさめ》祭の案内だった。

「ああ、ごめん。ヤブサメ」

「ヤブサメ？　ややこしい漢字」

「こんど、となりの区の櫛見《くしみ》神社であるんだ」

「ふうん。そんなのあったっけ」

「ひさしぶりに復活したんだよ。ほら、教科書にものっているヤブサメ」

ミトオが首をかしげている。

「馬に乗ったひとが、的《まと》をねらって、弓《ゆみ》を射《い》るんだよ。それが、ヤブサメっていう行事なの」

「なに、それ」

「だから、そういう行事なの」

「ふうん。行事ね」

なんだか言い足りない。弦はまどろっこしい思いで言葉をつづけた。

「ヤブサメというのはね、在来馬《ざいらいば》という日本の馬をつかうのが、基本ルールなんだ。在来馬を大切にしてきた行事なんだ。ほら、競馬《けいば》とかに出るのは、みなカタカナの名前がついているだろ、あれは外国産のサラブレッドばかりだから……」

ミトオは、にっこりわらって、うなずいた。

「でね」と、弦がさらにいいかけると、ばちんと手をうって、さえぎった。

「あっ、わかった。ゲンくん、それに出たいんでしょう？」

「出るって、おまえ……」

弦は、まつげをしばたたいて、気のぬけたようにつぶやいた。

「まだ、これから挑戦《ちょうせん》するかもって、話をしているだけだけどな」

「ふううん。そのかもかもかもって話を、わざわざ、報告にきたってわけ？」

「うるさいわ」

弦がおこってみせると、「ゲンくん、かわいいー」とはやしたててよろこんでいる。

「おまえってさ、なんでそう元気なの？」

「じゃあ、弦くんは、ぼくが不幸そうな顔を見たいの？　こおんな顔の？」

「とりあえず、見たくはない」

弦は口をとがらせながら、わきにかかえこんでいた小箱を、ミトオにつきだした。

父親からわたされたものだ。

「おすそ分け。西瓜《すいか》のお礼《れい》」

ミトオが、箱の中を、ふしぎそうにのぞいている。まつげをちいさくゆらして。

「えー、もしかして、まつたけ？　これって、ひとつ、何千円とかするんでしょ」

「うん、だから、半分こした」

「半分こっていっても、ふたつもあるじゃん。わるいよう」

「よく見ろよ」

「え？」

ミトオは、あげ底になっている箱の中から、ひとつをつまみあげて、ぺらぺらと
ふってみせた。

まつたけは、どちらも、たて半分にわれていた。

「なんだ。これで、いっこか」

「なんだは、ないだろ。うちだって、ふたつに化《ば》けた、いっこだぞ」

ふたりは顔をつきあわせて、ククク と笑う。なにがおかしいのか、どんどん笑いがこみあげてきて、その声はポーチの天井に、ひびきわたった。

「よかったあ、ゲンくん。まだ、おこっているのかと思っていた。じつは、ちょっと話しかけづらかったんだ」

ミトオが舌《した》をだしてみせる。

それは弦もおなじだった。

あの落馬以来、なかなか顔を合わせる機会がなかったし、新学期が始まっても、なんとなく、おたがいにさけてしまっていたのだ。

「バカ。おまえが、さけるからだ」

「バカー？　むかつくっ」

弦がミトオの家の玄関からはなれると、ミトオの声がうしろから追いかけてきた。

「じゃあ、ゲンくんが出場するときは、応援に行くからね。ぜったい」


その晩《ばん》、ひさしぶりにハルオジから電話がかかってきた。

夏休み中は毎週末のように会っていたのに、十月からハルオジが配達の仕事についたので、馬事苑《ばじえん》を休むことも多かった。

弦は、バスで海王に乗りに行っていた。

ハルオジがいうには、まだ見習いで、週末出勤も多いらしい。

「なんだ、おまえ、いつかけてもいないじゃないか」

のっけから大声でがなりたてている。

弦は子機を、少しだけ耳から遠ざけてこたえた。

「どっちがだよ。おれがかけるときは、そっちがいないじゃん」

「おれは、いそがしいんだ。おまえこそ、家にいろ」

「だって、夜は塾《じゅく》だっていってるだろ」

「ちっ。おまえ、あいかわらず、勉強ばっかりか」

弦はわざとらしく鼻で笑った。

「ハルオジこそ、酒、飲んでいないだろうね。しばらく禁止だからね」

「うるさいな。海王《かいおう》のえさとか予防注射代とかもいる。酒にまわす金はない」

「あのさ、かかってきたついでに、いいたいことというよ。……受験しようと思っていた私立の中高一貫校に、弓道部《きゅうどう》があるってわかったんだ。ネットで調べたら、けっこう、名の知れた部らしいってことがわかってさ」

すこし、沈黙《ちんもく》がつづく。弦は、ハルオジの反応をさぐるように、耳をそばだてた。

「……入部するのか」

「受かったらね」

「ふん、ま、いいんじゃないか。中学生どうしで磨《みが》きあうのも」

ちょっと小バカにしたような言い方だ。弦はまじめに返した。

「そこ、倍率高い人気校。おれさ、いままでは、中学は、ただイイところに受かればいいと思っていた。そんときは、あんまり不合格になったらなんて気にしなかったけど、いまは、落ちたらいやだなって思って、かなりひっし」

「ふうん。まあ、がんばってください」

鼻クソでもほじりながら聞いているようにも聞こえる。

「ほいじゃ、あした、予定どおり十時な」

電話が、いきなり切れた。

「なんだい、ほんと、かってなおじさんだな」

子機をおくと、机の上の写真立てに手をのばした。

海王が走っている写真だ。

海王に会えない日がつづくと、さびしい。

できるだけ、時間をつくって、海王に乗りに行きたいと思う。

弦は、それを、素直《すなお》に感じとっている自分自身が、ふしぎだった。

あしたはハルオジと、櫛見《くしみ》神社で十年ぶりに行われる流鏑馬《やぶさめ》祭を見に行く。射手《いて》をつとめる十六歳の少年は、引っ越し先から、「この街《まち》に住んでいた縁《えん》でおねがいしたい」と、志願《しがん》しての参加と聞いた。

「……はじめて流鏑馬を見たときは、なんで、わざわざこの時代に、馬で弓《ゆみ》を引くのかと思った。あ、いや、おれはもちろん馬の魅力《みりょく》を知っていたからな。よけいそう思ったのかもな。でも、そういう思いも、吹き飛んでしまうくらい、胸《むね》おどるものがある。それが、流鏑馬っていうもんだ」

「見るだけ見てみろよ」とさそわれた。

流鏑馬祭を見に行くことは、父親にはないしょだ。

もちろん、弦が、弓道《きゅうどう》をはじめたいと思っていることも、ないしょだ。父親にいらない心配をかけないように、ちゃんと受験をクリアしてから、いおうと思っている。

弦は、心臓《しんぞう》のどきどきをおさえるように、海王の写真を胸《むね》に押しつけた。

こんなに、落ち着かない思いでいるのに、なぜか、深く眠《ねむ》れそうな気がして、早めにベッドに入った。

弦のすぐ前を、一頭の馬が駈《か》けぬけていく。

馬の走る道は、参道に沿って張ったロープとロープにしきられた、ウレタン舗装《ほそう》の道だ。

馬がすこしでも横道にそれれば、はみだしてしまうほど、まっすぐでせまい。

馬の走る長さは、チラシによると、約二百五十メートルとある。

二百五十メートルのあいだに、間隔《かんかく》をおいて、三枚の的《まと》が立っている。

弦たち観衆《かんしゅう》は、この馬の走る道を川とすると、三枚の的の対岸で、この行事を見ることになる。

ロープの外とはいえ、手でものばせば、馬にとどきそうなところにいる。

ひづめの音の軽さにくらべて、馬のからだがせまってくるときに起こる重たい風は、見る側のからだを引きこむ力がある。

その引力に両肩《りょうかた》を引っぱられそうになりながら、弦は足元にぐっと力を入れる。

「バシュッ」

弦たちよりすこしはなれた、二枚めの的《まと》に、矢がつきささる音が聞こえた。

同時に、観衆《かんしゅう》のどよめきと拍手がわきおこる。

無意識《むいしき》に弦は、ロープをにぎって、からだを乗りだしていた。

警備員《けいびいん》に「あぶないからさがって」と注意されて、はっと手をはなす。

「どうだ。迫力《はくりょく》あるだろ」

「……………」

ハルオジがそこにいるのも、わすれていたぐらいだ。

「弦。気がついたか。三枚の的の間隔《かんかく》は、おなじじゃないんだぞ」

気がついたかといわれても、三枚めの的は、はるか向こうにあってよく見えない。

「どうして?」

弦は、つぎの射手《いて》がくる方向をじっと見ている。

「馬の加速にあわせて、だんだん、あいだを長くとっているのさ。じゃないと、射手が弓《ゆみ》をかまえようとするうちに、的を通りこしてしまうからな」

(なるほど)

弦は、うなずいた。

あの駈《か》けぬける速さのうちに、矢を背中《せなか》の筒《つつ》から引きぬいて、つがえて、射《う》つ。それがどれほどむずかしいことか、しろうとの弦だって、わかる。

二百五十メートルのうちに、それを三度くりかえす。弦から見れば二百五十メートルは長いけど、射手にとっては秒きざみの時間との戦いになるのだろう。

「技術ばかりじゃない。これは、射手と馬の息がぴったりじゃないと、できない芸術なんだ」

ハルオジの息も、いつになくあらく、興奮《こうふん》しているのがわかる。

弦の頭の中に、四字熟語《じゅくご》がするりとうかんだ。

「人馬一体《じんばいったい》っていいたいんでしょ？」

「ふん。さすが受験生。だけどな。言葉を知っていても、体験していなければ、知識にすぎない」

弦は、むっとした。

けれど、ハルオジのいうことは、ただしい。

いつか、弦と海王が、こんなふうにできるだろうか、と考えてみても、いまはまだ想像もつかない。

弦は、ふと、かおるさんの言葉を思いだした。

「あのさ、そういえば、かおるさんからきいたんだけど……」

「なんだ？」

「海王って、捨てられそうになっていたって……いらない馬だったって、ほんと？」

「ああ、そのとおりだ。……血統《けっとう》とか、生まれがどうとか、ほんとつまらんことばかりだよ。全部、人間さまのつごうでな」

ハルオジは、その先はいいたくなさそうに言葉をにごした。

「でも、ハルオジは、海王が、いい馬だと思ったんだよね。それで、わざわざ手にいれたんだよね」

「ああ、それも、おれさまのつごう」

「理由をおしえて」

弦は、ハルオジを好奇心《こうきしん》いっぱいの顔で見あげる。

「かんたんだ。おれがもとめていた馬に、ぴったりだったからだ。出会った時、海王はひどく人間を警戒《けいかい》していた。自分が捨てられたことに気づいていたんだな。馬は臆病《おくびょう》な性質といわれているけれど、その臆病にもいろいろあってな。警戒心が強かったり、きまった人間からしかえさを食べなかったり……。

海王の場合は、臆病だから人間をきらったんじゃない。プライドが高いんだ。つまり、自分に誇《ほこ》りをもっている馬なんだ」

「うん。たしかに、そういうにおいが、ぷんぷんしてくるよ」

弦はわざとらしく鼻をつまんでみせた。

「だろ。いつも、どうどうとしていて、そして、めったなことで、とりみださない。おれはまだ、あいつの鳴き声すら、聞いたこともない」

鳴き声といわれて、弦も、あっ、と思った。

「そういえば……おれも、聞いたことがない」

「馬は人間とおなじで、生まれたときに鳴き声をあげる。たくさんの馬の子がいても、母親は鳴き声で、自分の子をさがすことができるという」

「すごいな」

「だが、海王は鳴かない……。流鏑馬《やぶさめ》の馬はな、長いもの、音のするもの、ハデなものを見ても、怖気《おじけ》づかない馬が、ぴったりなんだよ。おれは、海王を心から尊敬《そんけい》している」

「長いもの、音がするもの、ハデなもの？」

ひづめの音が聞こえてくる。弦の前を、また、馬が駈《か》けぬけていく。

「バシュッ」

矢が的《まと》につきささるころには、ひづめの音はずっとむこうに遠のいている。そのころには、二本めの矢が風を切る音が聞こえてくる。

——長いもの、音がするもの、ハデなものを見ても、怖気づかない馬。

弦は、いま駈けぬけていった馬に、海王の大きなからだを、しっかり重ねあわせていた。けれども、その背中《せなか》の上に、弦の姿《すがた》は、まだ見ることができない。

(おれしだい、というわけか)

弦はため息をついた。はじめて、なにかを焦《こ》がれてつくため息だった。かるい「あこがれ」ではなく、しっかり、その大きさや恐《おそ》れを感じたことから、弦の根っこに芽吹《めぶ》きはじめた「想《おも》い」だった。

三枚の的は、三人の射手《いて》が、それぞれ三度の走馬で、みごとに、射《い》ぬかれた。

三人の射手が放った矢は、全部で九本。

九という数字は、十進法で最高の数字で縁起《えんぎ》がいい、とされているらしい。

（まあ、いろいろ、めんどくさそうな競技だわ）

数字にこじつけるのも、点数をつけるのも、だれかが決めたことだ。

（だとしたら、おれだけの答えだって、いくらでも見つけていいはず！　結果は自分しだいだ）

もしこの先、またなにかを恐《おそ》れたり、心を閉《と》じたくなるようなことがあっても、迷《まよ》わず、自分自身にまっすぐ向きあえばいい。


空を見上げると、うすい雲がただよっていた。弦はその雲を見た瞬間《しゅんかん》に「あっ」と声をもらした。

雲が、馬の頭に見えてしまったからだ。口元をあけて、いなきをしているように見える。

ふいに、母親がすぐそばにいるような気がした。

弦は、その馬が空にとけこんでしまうまで、あきることなくながめていた。

著者／大塚菜生（おおつか なお）
第13回福島正実記念SF童話賞大賞作「ぼくのわがまま電池」（岩崎書店）でデビュー後、創作、ノンフィクション、ノベライズの分野で幅広く活躍している。近刊に「東京駅をつくった男―近代建築を切り開いた辰野金吾」（くもん出版）、そのほか主な作品に「どんぐり銀行は森の中―どんぐりあつめて里山づくり―」（国土社）、「うちの屋台にきてみんしゃい」（岩崎書店）、共著に「頭がよくなる10の力を伸ばすお話」（PHP研究所）など多数。日本児童文学者協会会員。福岡市在住。

画家／山本祥子（やまもと さちこ）
多摩美術大学染織科卒。絵画教室講師等を経て、現在イラストレーターとして書籍、雑誌等を中心に活動している。近年は特に時代小説の分野で活躍中。イラストレーターズ通信会員。2015年、第3回東京装画賞王子エフテックス賞、第15回ギャラリーハウスMAYA装画コンペ準MAYA賞受賞。横浜市在住。

弓を引く少年

著者
大塚菜生

2016年 3 月 10 日初版 1 刷発行
2018年 5 月 10 日初版 2 刷発行

装画・イラスト／山本祥子
装丁／石山悠子

発行所
株式会社 国土社
〒101-0062 東京都千代田区神田駿河台2-5
電話 03-6272-6125
FAX 03-6272-6126
http://www.kokudosha.co.jp

印刷
モリモト印刷株式会社

落丁本・乱丁本はいつでもおとりかえいたします。
NDC 913/166p/19cm ISBN978-4-337-18760-3 C8391